Sagen und Geschichten aus der Altmark

Sagen und Geschichten aus unserer Heimat

Nacherzählt und gezeichnet von

Eugen Gliege

Selbst Verlag

Die Altmark

Die altmärkische Landschaft bietet ein reizvolles Bild mit bewaldeten Höhenzügen, fruchtbarem Tiefland, Heide und Ackerflächen im stetigen Wechsel von den Hellbergen und der Letzlinger Heide bis hin zur Elbeniederung. In Feld und Wald findet man noch zahlreiche Hünengräber als wohlerhaltene Denkmäler der Vorzeit, aus den gleichen Findlingsblöcken geschichtet, die dann später auch das Material für die wuchtigen Granitkirchen lieferten, wie sie noch heute den altmärkischen Dörfern das markante Aussehen verleihen.

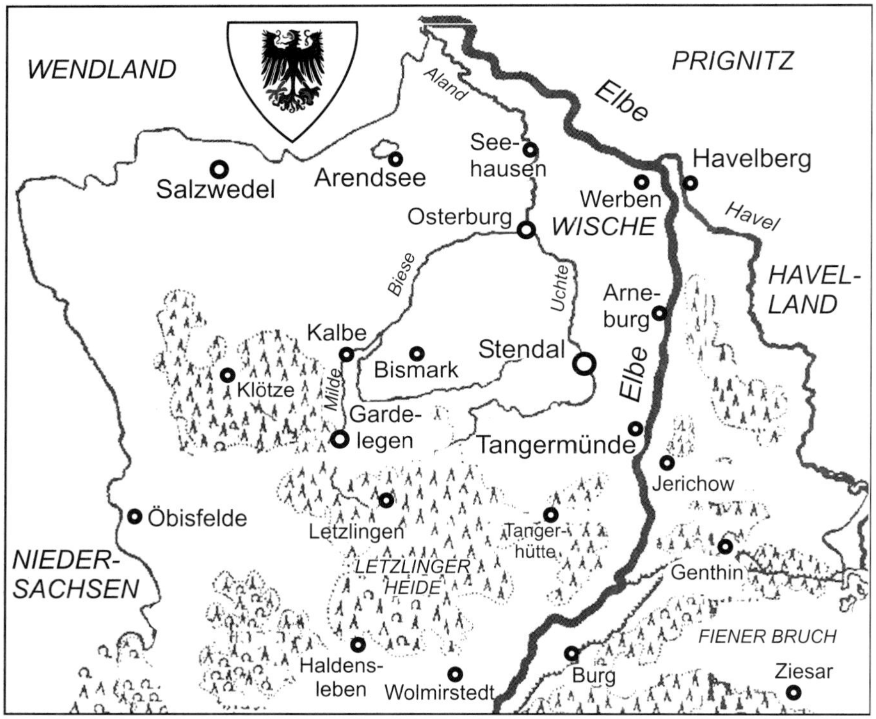

Mit Stolz nennt man die Altmark die Wiege der Mark Brandenburg und des brandenburgisch-preußischen Staates. Noch stehen in Salzwedel die Reste der Burg Albrechts des Bären, der 1134 mit der Nordmark, der jetzigen Altmark, belehnt wurde und von hier aus, seit 1144 Markgraf von Brandenburg, die Kolonisation des Landes östlich der Elbe einleitete.

Noch ragen in Tangermünde die Mauern der von Karl IV. errichteten Burg, der späteren Burg der Hohenzollern als Kurfürsten von Brandenburg.

Ihr besonderes Gepräge aber erhält die Altmark durch die Fülle und die Eigenart ihrer Kunstdenkmäler. Sie ist das Land der niederdeutschen Backsteingotik.

Der Dom und das Ünglinger Tor in Stendal, das Rathaus und das Neustädter Tor in Tangermünde, die Marienkirche und das Neuperver Tor in Salzwedel, die Johanniterkirche in Werben sind nur einige Hauptbeispiele aus dem Reichtum der Altmark. Sie geben den altmärkischen Städten ihr charakteristisches Bild und machen in Verbindung mit der Schönheit und Eigenart der ganzen Landschaft die Altmark zu einem interessanten Reiseziel.

Vielfältig ist auch der Schatz an Sagen und Geschichten aus der Altmark, der im Laufe der Jahrhunderte von Mund zu Mund überliefert wurde und später von Sagensammlern aufgeschrieben wurde.

Ich habe einige der schönsten Sagen der Altmark ausgewählt und illustriert und möchte sie hiermit den Altmärkern sowie den zahlreichen Besuchern der Altmark zugänglich machen.

Eugen Gliege

Die magische Sieben

Die Zahl Sieben ist für die Altmark eine Zahl mit einer besonderen Bewandtnis. Sieben Flüsse fließen durch das altmärkische Land: Aland, Biese, Jeetze, Milde, Tanger, Uchte und Zehrengraben. Die sieben Bäche sind: Augraben, Balsamgraben, Dollgraben, Dumme, Purnitz, Speckgraben und Untere Milde.
Sieben Städte der Altmark werden in einem alten Vers humorvoll gekennzeichnet:

De Stendaler drinken gern Wien,
De Gardeleger wullen Junker sin,
De Tangermünder hebben den Mot,
De Soltwedler hebben dat God,
De Seehuser dat sind Ebenthür,
De Werbener geben den Weiten dür,
De Osterborger wollten sik räken
Un däden den Bullen för den Bären stäken.

Neben diesen sieben Städten gibt es noch sieben kleinere Städtchen: Arendsee, Arneburg, Bismark, Kalbe, Klötze, Öbisfelde und Tangerhütte.

Unter den altmärkischen Adelsfamilien gab es sieben „Schloßgesessene“, auch „Beschloßte“ genannt. Es waren dies die Geschlechter der Alvensleben, Bartensleben, Bismarck, Jagow, Knesebeck, Schenk und Schulenburg. Durch den Lehnsbesitz ehemaliger Landesburgen kamen die Lehnsträger in den Rang von „Schloßgessenen“. Sie gehörten einer Herrenkurie an und bildeten innerhalb des Ministerialadels eine als Stand festumgrenzte Oberschicht. Sie allein unterstanden gerichtlich nur dem Landesherren.

Schließlich hat die Altmark noch sieben sogenannte „verkehrte“ Kirchen aufzuweisen, die ihren Turm im Osten, also über dem Chor haben: Beelitz, Hämerten, Nesenitz, Staffelde, Storkau, Tangeln und Wallstawe.

Der Franzosenboom

In der Altmark hatte unmittelbar nach den Befreiungskriegen der Walnußbaum eine eigenartige Bezeichnung erhalten. Er wurde von den Altmärkern nur der „Franzosenboom“ genannt. Dieser etwas eigenartig klingende Name hatte aber eine tiefe Bedeutung. Napoleon hatte nämlich, als er seine Eroberungspläne in Deutschland durchsetzte, angeordnet, an allen Landstraßen Walnußbäume anzupflanzen. Das Holz sollte zur Anfertigung von Gewehrschäften für seine Soldaten Verwendung finden.

Als aber die Befreiungskriege hereinbrachen, geriet die „welsche Nuß“ sehr bald in Verruf. Man haßte diese Franzosenbäume, und dieser Haß wurde nun von den alten preußischen Veteranen derart geschürt, daß damals tatsächlich Tausende dieser Walnußbäume dem fanatischen Haß auf alles Französische zum Opfer fielen. Hinzu kam der Aberglaube, daß der Schatten der Walnußbäume schädlich sei, der unter sich nichts gedeihen lasse, und daß Menschen, die unter einem Walnußbaum den abendlichen Frieden genießen, sehr bald heftige Kopfschmerzen empfinden würden. Es hieß allgemein: Wie der Franzose, so sei auch der Walnußbaum ein Unterdrücker, der rücksichtslos ausgerottet werden müßte.

Heute ist natürlich dieser blinde Haß gegenüber dem Walnußbaum völlig verschwunden.

Im Gegenteil, man schätzt diesen Baum außerordentlich und fördert auch seine Anpflanzung. In der altmärkischen Wische gibt es besonders viele Walnußbäume, die man im Übrigen auch in unzähligen Bauerngärten findet.

Aber der Name „Franzosenboom“ hat sich bis in die heutige Zeit erhalten.

Der wilde Jäger Hackenberg

Im Drömling hört man häufig, wie die Leute fluchen, „daß dich der Drus“ und „daß dich der Jäger hole“, und man versteht unter dem Jäger den Satan selber. Es war nämlich, heißt es gewöhnlich in der Altmark, einmal ein gewisser „Hackenberg“, der sagte, wenn er immer jagen könnte, so wollte er Gott seinen Himmel wohl lassen. Dafür muß er nun des Nachts vom Harz herunter in den Drömling hoch zu Pferde mit den Hunden jagen, und schon vielen ist er so begegnet.

In der Gegend des alten Klosters Diesdorf, namentlich in dem an der hannöverschen Grenze gelegenen Dorfe Wadekath, erzählt man von diesem Jäger also. Der Hackenberg war ein reicher Edelmann, welcher die Jagd über alles liebte, so daß er sogar einmal des Sonntags hinaus in den Wald zog und alle Bauern seiner Gemeinde bezwang, mit ihm zu jagen, so sehr sie sich auch dagegen wehrten, da sie lieber zur Kirche gegangen wären. Aber das ist ihm übel bekommen; denn wie er nun draußen umhertobt, kommen plötzlich zwei Reiter ihm an die Seite gesprengt, die jagen gewaltig mit ihm fort, und jeder von beiden fordert ihn auf, mit ihm zu ziehen. Der Reiter zur Rechten aber sah wild und grimmig aus, und seinem Pferde sprühten Feuer und Flamme aus Nase und Maul, dagegen sah der zur Linken ruhiger und milder aus. Da war denn der Hackenberg schnell gefaßt und wandte sich zu dem Reiter zur Rechten. Darauf sprengten sie fort, und so muß er nun mit ihm bis zum jüngsten Tage jagen.
Stellenweise heißt er auch „der Helljäger“. Wer ihm „nachbölkt“, wenn er durch die Luft dahinbraust, dem wirft er eine „Pferdekeule“ als seinen Anteil an der Jagd herunter.

Tetzels Ablaßkasten in Flechtingen

An einem schönen, heiteren Herbsttage des Jahres 1517 hielt ein seltsamer Wagen auf dem freien Platze vor der Kirche zu Flechtingen. Dem Dorfe und der Burg Flechtingen war ein großes Heil widerfahren, denn jener Dominikanermönch, welcher jetzt aus der Tiefe des Wagens zwischen Kisten und Kasten sich hervorarbeitete, um mit drastischer Beredsamkeit seinen Sermon von dem fürtrefflichen, zum Ausbau vom Münster St. Peter in Rom bestimmten Ablasse zu beginnen, war kein anderer als Johann Diez von Leipzig, der Bruder „Tetzel“, wie das Volk ihn nannte, des Heiligen Vaters Indulgenzienverkünder.

Die biederen Flechtinger mögen ehrerbietig die Häupter gesenkt haben, als ihnen die Worte des Ablaßkrämers so reiches und gewisses Heil ankündigten. Dann traten sie schüchtern herzu und lösten sich die Zettel, wie's ein jeder konnte, für ein paar Gulden oder für einige Pfennige, denn der muntere Mönch in dem schwarzen Predigerhabit verschmähte auch das Scherflein der Armen nicht, um ein rechter „sospitator animarum“, ein Tröster der Seelen, zu sein.

Zuletzt trat auch der feste und gestrenge Junker, Herr Barward Schenck, zu dem heiligen Manne heran. „Ehrwürdiger Vater“, sprach er, „Ablaß erbitte auch ich für schwere Sünde. - Aber sie ist noch nicht geschehen!“

Mißtrauisch blickte der Mönch den Junker an; da warf Herr Barward eine wohlgefüllte Geldkatze auf den Tisch. Nun zögerte der Dominikaner nicht mehr; er reichte dem Ritter den sündentilgenden Zettel.

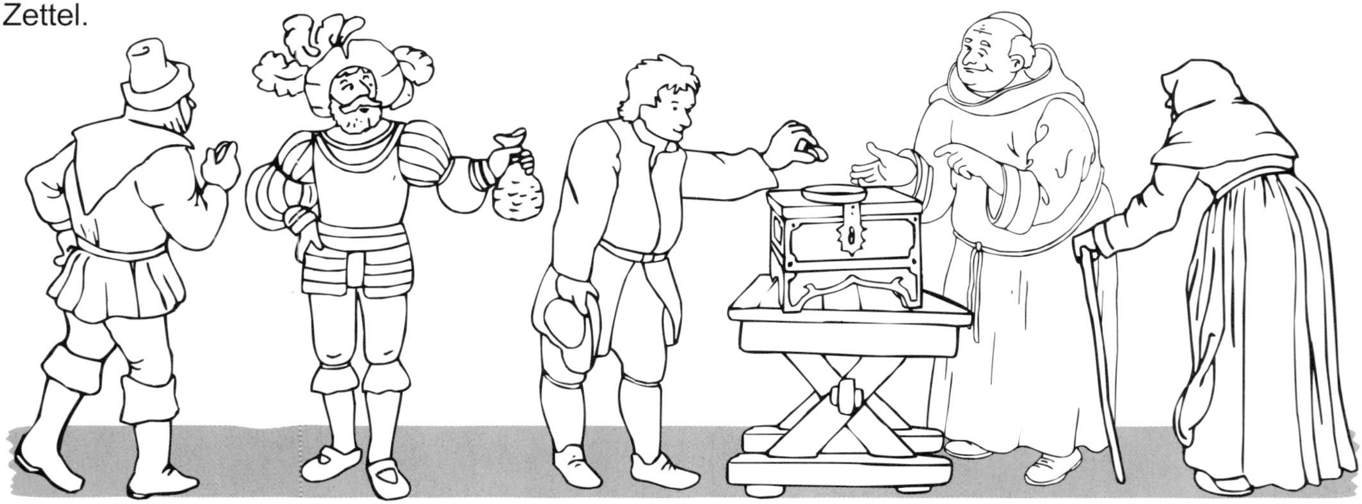

Was aber geschah folgenden Tages? Wohlgemut zog Tetzel durch den abendstillen Wald; er konnte mit seinem Geschäft zufrieden sein. Da knackte es plötzlich in den Büschen und stürzte auf ihn los. Zu Tode erschrocken sah der Dominikaner sich von Reitern umringt, die unmöglich Gutes beabsichtigen konnten. Hier, im dunklen Tann, forderte Herr Barward dem Ablaßkrämer seinen Kasten mit all dem Sündengeld drinnen ab. Der Mönch zitterte am ganzen Leib. Dann aber ermannte er sich, stieß die ihn bedrohende Lanzenspitze zur Seite und suchte dem Edelmann begreiflich zu machen, welch schwere Sünde er begehe, wenn er die heilige Mutter Kirche beraube. Lachend wies der Herr von Flechtingen ihm den empfangenen Ablaßbrief vor.

Der Dominikaner mußte, allen Sträubens ungeachtet, seinen Kasten mit allem Gelde hergeben. Von diesem Gelde ließ der Edelmann, da das Dorf bis dahin keine eigene Kirche hatte, die Kirche in Flechtingen bauen, die daselbst noch gegenwärtig steht.

Eine ähnliche Geschichte wird auch aus andern Teilen der Mark berichtet. Vielleicht hat sie sich deshalb an Flechtingen angeschlossen, weil sich in der Nähe der Burg die Trümmer einer Wallfahrtskapelle, einer „Laubkirche“, befanden und außerdem bei Wegenstedt hinter dem Bärholze eine weitere Wallfahrtskirche mit Verheißung von Wundertaten gestanden hat.

Tatsache ist, daß Barward Schenck gelebt hat und die Reformation in dem Schenckischen Gericht einführte.

Die Wette um das Tor zu Gardelegen

In der Stadt Gardelegen war in früheren Zeiten am Ende der Burgstraße nach der „Isernschnibbe" hin ein Stadttor. Dasselbe war für die Herren von Alvensleben, welche die Gerichtsbarkeit über die Burgstraße hatten, und mußte Tag und Nacht für sie offengehalten werden. Darüber entstand mancher Streit zwischen denen von Alvensleben und dem Magistrat der Stadt.

Endlich wurde jedoch allem Hader auf einmal ein Ende gemacht. Denn als eines Tages der Magistrat und der älteste Herr von Alvensleben bei einem frommen Mahle in der Stadt beisammensaßen, da wetteten sie miteinander, daß das Tor auf ewige Zeiten solle verschlossen bleiben, wenn der Magistrat es während der Zeit könne zumauern lassen, als der Herr von Alvensleben zu Rosse um die Stadt jage.

Der Magistrat nahm darauf die flinksten Maurerleute zur Hand, und der Herr von Alvensleben bestieg sein bestes Roß, das er im Stalle hatte.

Der Magistrat gewann aber die Wette, denn der Herr von Alvensleben stürzte mit dem Pferde, als er ganz nahe am Ziele war.

Die Sankt-Georgen-Kapelle vor Gardelegen

In uralten Zeiten hielt sich unweit der Stadt Gardelegen vor dem Salzwedeler Tore ein Räuber auf, der beiden, den Einheimischen wie den Fremden, viel Verdruß angetan, in den daran grenzenden Wäldern aber eine Höhle gehabt hatte, darin er sich versteckt und seinen Raub zusammengebracht hatte. Er trieb sein Handwerk lange, bis sich zuletzt die beiden Dörfer Sassendorf und Nestritz mit der Stadt Gardelegen zusammentaten, um sich seiner zu bemächtigen.

Vermittelst der dahin führenden Pferdespuren fanden sie die Höhle. Sie besetzten ihn darin und ließen ihm die Wahl, sich zu ergeben oder zu verhungern.

Der Räuber bequemte sich schließlich zu dem ersteren, hatte sich aber dabei ausbedungen, daß man ihn nicht auf eine schmähliche Weise zu Tode bringen möchte, wogegen er versprach, daß er von seiner bösen Lebensart abstehen werde. Auch wolle er dem heiligen Georg zu Ehren eine Kirche bauen, um dadurch seiner Missetaten halber einige Büßung abzustatten.

Er wurde darauf am Leben gelassen, und er baute, um sein Versprechen zu lösen, die Sankt-Georgen-Kapelle vor dem Salzwedeler Tore, die noch 1839 dort stand.

Der Jäger und der Teufel

Ein Jägersmann ging einst mit seiner geladenen Flinte in den Wald und rauchte dabei sein Pfeifchen Tabak.
Da begegnete ihm plötzlich der Teufel, welcher rief: „Laß mich doch auch einmal probieren, wie das Rauchen schmeckt!“
„Das Vergnügen sollst du haben.“, sagte der Jäger. „Aber meine kleine Pfeife ist sogleich aus, ich will dir meine große Pfeife geben.“ Und mit diesen Worten nahm er seine Flinte von der Schulter und steckte dieselbe dem Teufel ins Maul. Dieser fing an zu ziehen, aber er konnte aus dem Flintenrohr keinen Rauch bekommen. Da wurde er ärgerlich und fing an zu schreien: „Jägersmann, du hast mich angeführt, die große Pfeife brennt ja nicht!“

„Warte“, sagt darauf unser Jäger, „ich will dir Feuer geben“, und drückte die Flinte ab. 0h, wie konnte da der Teufel prusten! Er schüttelte sich gewaltig, warf die große Flintenpfeife weit fort und schrie: „Höre, lieber Jäger, mit dir mag ich nicht rauchen, dein Tabak ist mir zu stark!“
Als er das gesagt hatte, war er plötzlich für immer verschwunden.

Weiße Frau zeigt einen Schatz

Zwischen Gardelegen und Lindstedt soll ehmals ein Dorf gelegen haben, von dem man noch Gemäuer und namentlich die Reste einer Kirche sieht und unter dieser soll ein großer Schatz liegen.

Einmal war ein Hirt aus Trüstedt draußen auf der Weide, da kommt eine ganz weiß gekleidete Frau zu ihm, die sagt, er sei bestimmt den Schatz zu heben und sie zu erlösen; er möge ihr folgen. Bei dem Schatze würde er einen großen schwarzen Hund finden, dem solle er dreimal mit der Hand über den Kopf streicheln oder ihm einen Kuß geben, dann wäre sie erlöst und der Schatz wäre sein. Das hat der Hirt aber nicht tun wollen, und da ist die Frau noch zweimal zu ihm gekommen und hat ihn flehentlich gebeten, er möge es doch tun, sonst müsse sie noch viele, viele Jahre umherwandeln. Aber er hat es sich doch nicht getraut, und darum liegt der Schatz noch an seiner alten Stelle.
Die weiße Frau aber hat seit dieser Zeit niemand wieder gesehen.

Die Mahr als Ehefrau

Die Mahr ist ein Plagegeist, der nachts durchs Schlüsselloch kommt und sich in irgendeiner Gestalt auf die Schlafenden setzt, so daß sie denken, sie müssen ersticken. Gewöhnlich sprach man dann früher vom Mahrtendrücken.

Ein Mann in Mieste hatte häufig Mahrtendrücken. Da hat er einmal zufällig das Loch gefunden, durch das die Mahr hereinkam. Es ist ein Bohrloch gewesen, in das der Zimmermann einen Nagel zu schlagen vergessen hatte. Er paßte nun auf, bis die Mahr wiederkam, und als sie im Hause war, machte er das Loch schnell zu. Da hat sie nicht mehr fortgekonnt.

Es war ein hübsches junges Mädchen, und der Mann heiratete sie. Lange Zeit lebten sie glücklich zusammen und hatten mehrere Kinder.

Einmal wurde aber beim Umbau des Hauses das Loch wieder geöffnet, und da war die Frau auf immer verschwunden. Nur jeden Sonntag morgen lag vor dem Bette jedes Kindes ein weißes Hemde; denn für ihre Kinder sorgte die Mahr noch.

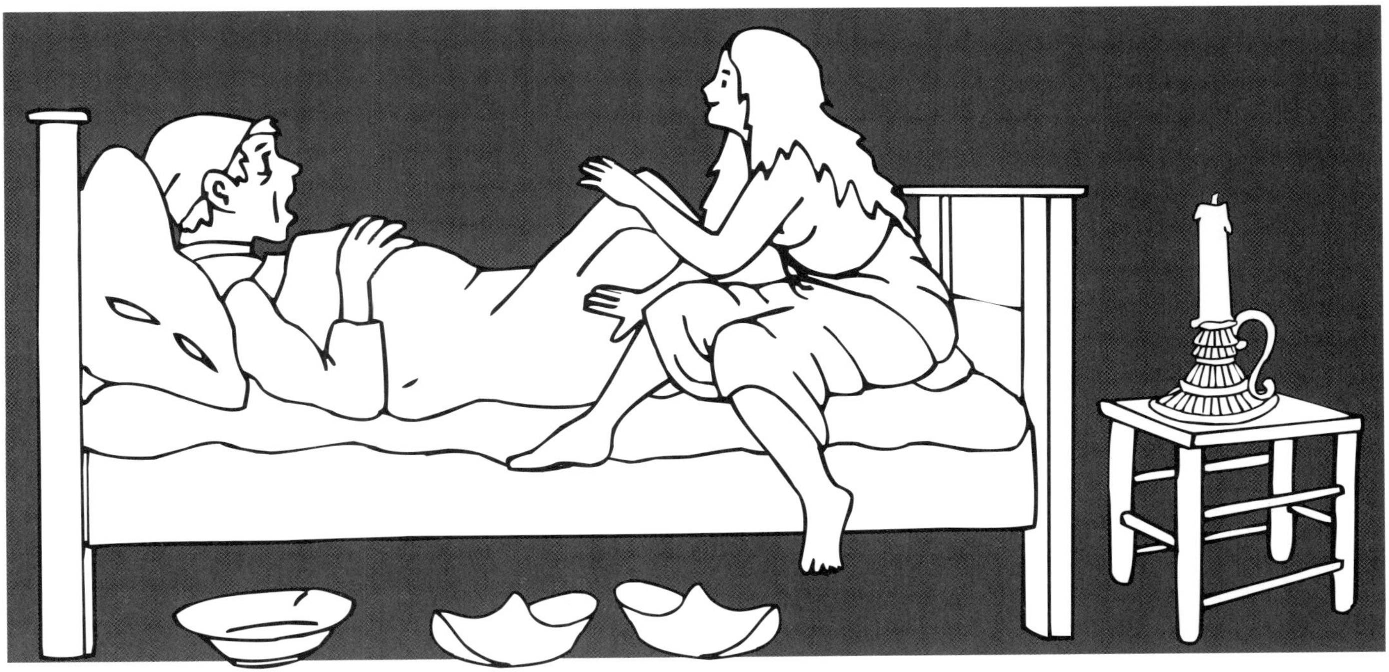

Die letzten Nonnen vom Kloster Neuendorf

Das Zisterzienser Nonnenkloster Neuendorf ist 1232 gestiftet worden. Die ersten urkundlich genannten Gönner und Wohltäter waren die Markgrafen Otto III., Johann I. und Graf Siegfried von Osterburg. Auf Veranlassung Markgraf Ottos IV. wurde Neuendorf 1289 Mutterkloster für Heiligengrabe.

1292 waren 59 Klosterjungfrauen vorhanden. Neuendorf war im südwestlichen Teil der Altmark das einzige Kloster. Mit seinem großen Landbesitz und seinem zahlreichen Konvent, in dem die hervorragendsten Geschlechter des Landes ringsumher vertreten waren, besaß es großes Ansehen. Die Alvensleben auf Isenschnibbe waren von 1378 bis zur Reformation Inhaber der Vogtei des Klosters, dessen zusammenhängender Besitz von Gardelegen bis Staats und von Lindstedt bis zur Südgrenze des Forstamtes Jävenitz reichte. Sie stifteten dem Kloster, das ihr Grabkloster war, mehrere komplette Dörfer.

Das Kloster hatte sich gegen die Einführung der Reformation lange gewehrt und beendete erst 1579 seinen Widerstand. So bestand das Kloster als evangelisches Stift fort.

Über eine merkwürdige Freiwerberei im Kloster berichtet Pfarrer Pflanz im „Altmärkischen Hausfreund“ 1931: „Im Jahre 1753 kam der ehrsame Kandidat Johann Friedrich Milow aus Strasburg in der Uckermark auf die Pfarrstelle nach Kloster Neuendorf. Er war schon 39 Jahre alt, aber noch ledig. Das Pfarrhaus lag dicht neben dem Amtshaus. In dem Amtshaus wohnte damals der königliche Amtsrat Karl August Schrader. Er war nur fünf Jahre älter als der Pfarrer, und die beiden schienen bald gute Freunde und getreue Nachbarn geworden zu sein.

Der Amtsrat war verheiratet gewesen, aber seine Frau starb ihm schon 1755 und wurde mit feierlichem Gepränge in einer gemauerten Gruft des Klosters beigesetzt.

Nun lebten damals im Kloster noch sieben Klosterfräulein, meist adliger Herkunft. Sie lebten noch gänzlich wie vor Zeiten die Nonnen, dienten Gott jeden Tag mit fleißigem Singen und Beten, übten allerlei gute Werke und führten einen stillen, sittsamen Lebenswandel. Aber es stand ihnen jederzeit frei, wieder aus dem Kloster auszutreten, etwa, um sich zu verheiraten.

So richteten denn auch der ledige Pfarrer Milow, der nun schon über das 40. Lebensjahr hinaus war, und der verwitwete Amtsrat, der ja auch in den besten Jahren stand, ihre Blicke auf diese Klosterfräulein, ob sich nicht unter ihnen eine passende Lebensgefährtin fände. Die meisten von ihnen waren zwar schon über das 50. Lebensjahr hinaus, aber zwei waren noch jung und frisch: Maria Charlotte Sophia von Stephani aus Käthen, 1725 geboren, und Ottilie Marie Dorothea von Grävenitz aus Gerdeshagen, 1727 geboren. Letztere muß wohl die Hübscheste und Anziehendste von den beiden gewesen sein.

Kurz und gut, eines Tages bat der Amtsrat Schrader seinen guten Freund und getreuen Nachbarn Pfarrer Milow, für ihn bei Fräulein von Grävenitz um deren Hand zu werben. Der Pfarrer ging ins Kloster und hielt, gewiß in wohlgesetzter Rede, um die Hand des Klosterfräuleins an, aber nicht für den Herrn Amtsrat, sondern für sich selbst. Und sie gab ihr Jawort.

Um nun doch auch etwas für seinen Freund zu tun, machte er für ihn den Freiwerber bei Fräulein von Stephani, die sich bereit erklärte, Frau Amtsrat zu werden. Wie der Pfarrer Milow das nun dem Amtsrat beigebracht hat, das muß man sich schon selbst ausmalen. So ganz einfach wird es nicht gewesen sein.

Am 1. Juni 1756 heiratete also der Amtsrat Fräulein von Stephani und fünf Wochen später der Pfarrer Fräulein von Grävenitz.

Die enge Freundschaft zwischen diesen beiden jungverheirateten Nachbarn scheint aber durch diese etwas sonderbare Freiwerberei des Pfarrers einen Knacks bekommen zu haben. Denn dieser schrieb bei Eintragung eines Sterbefalles 1758 von dem Amtsrat, „dieser zanksüchtige und hochmütige Beamte habe ihn in einer schwierigen Rechtsfrage überlisten wollen."

Weihnachten 1810 wurde durch Erlaß des Königs Jérôme von Westfalen auch das Stift Kloster Neuendorf aufgehoben, und von den noch vorhandenen sieben Klosterdamen, die bis dahin vom Staat unterhalten worden waren und jetzt nur noch eine dürftige Rente erhielten, zogen vier fort. Drei von ihnen blieben, darunter die letzte Domina, Henriette von Wulfen, die 1817 starb.

Die rote Erde bei Deetz

Die Altmark war von den Zeiten des falschen Waldemar bis zum Ende der Regierungszeit Albrecht Achilles' der Schauplatz von Kämpfen und Räubereien, wo oft nur das Faustrecht galt, und niemand sich seines Besitzes freuen konnte. Zu denen, welche die Altmark befehdeten und in dieselbe einfielen, gehörte leider auch der Erzbischof Hildebrand von Magdeburg, welcher gemeinschaftlich mit den Harzgrafen viele Orte, wie Osterburg, Kalbe, Krumke und Gladigau, verheerte.

Im Jahre 1372 trug es sich zu, daß der Feldoberst der Harzgrafen, der Ritter Busso von Erxleben, plötzlich in die Altmark einfiel und viele Kühe wegnahm, die er eilends wegschleppen wollte. Besonders hatte er auch viel Vieh weggenommen, das der Stadt Stendal gehörte. Als das die Stendaler hörten, setzten die entrüstet dem Busso von Erxleben nach. Bei der Deetzer Warthe, auf halben Wege zwischen Stendal und Gardelegen, holten sie denselben ein, und nun kam es dort am 3. November zu einem blutigen Kampfe. Aus dem gingen die Stendaler, welche tapfer ihren Mann standen, als Sieger hervor. Das Heer des Busso wurde gänzlich besiegt, und er selber verlor sein Leben. Es wurden in dieser Schlacht soviel Menschen getötet, daß von dem Blute derselben das ganze Schlachtfeld rot gefärbt wurde und das ist es auch geblieben bis auf den heutigen Tag.

Der Pumpelstein bei Klinke

Bekanntlich wird das Entstehen von Ortschaften und Gegenständen an bestimmten Stellen häufig auf die Anwesenheit der Römer daselbst zurückgeführt. Dieser Glaube hat wohl seinen Ursprung in der Sucht, denselben ein recht hohes Alter zuzuschreiben.

Die alten Chronisten machten sich ein besonderes Vergnügen daraus, die Römer Städte und Dörfer gründen zu lassen, und vor allem ist Frau Saga in diesem Glauben befangen. So wird zum Beispiel der Name Gardelegen von garda legionum, und der Dorfname „Gladigau“ von dem Römer Clodius, welcher Deutschland überhaupt nie gesehen hat, zurückgeführt.

Besonders wird dem Feldherrn Drusus in der Altmark Erwähnung getan. „Dat di de Droß (Drusus) hole!“ lautet, bekanntlich ein Fluch im Drömling. Einem großen Stein bei Salzwedel soll Drusus mit einem einzigen Schwerthiebe zerspalten haben, und die früher vorhanden gewesenen Steinhügel auf dem Hennsberge bei Hämerten sollen aufgetürmte Siegeszeichen des Drusus sein.

Ein Kriegsoberster im Heere dieses Drusus soll ein gewisser Pompilius gewesen sein. Als dieser mit seinem Heere durch die Altmark zog, fand er bei einem Dorfe Klinke seinen Tod. Die römischen Führer begruben ihren Führer dort, wo jetzt der Pfarracker sich befindet und wälzten zu dessen Gedächtnis einen riesigen Stein darauf. Von diesem römischen Kriegsobersten Pompilius hat dieser Stein nun den Namen „Pompiliusstein“ bekommen, woraus später „Pumpelstein“ oder plattdeutsch „Pumpelgrafsteen“ geworden ist. Leider ist dieser Stein nicht mehr vorhanden. Er hat dasselbe Schicksal gehabt, wie viele andere Steindenkmäler aus uralter Zeit; denn man hat denselben verkauft und dann in Stücke gesprengt.

Von einem Unglück in Staats

Der 1944 verstorbene frühere Hofprediger Johannes Kessler verlebte seine Jugendzeit in dem Pfarrhause in Staats, in unmittelbarer Nachbarschaft von Vinzelberg und Vollenschier. Von ihm ist folgende Geschichte überliefert:

„Einmal geschah in unserem Dorf ein Unglück, aber es verwandelte sich in ein Glück. Die Pfarrkirche zu Staats war allmählich zu klein und baufällig geworden. Mein Vater wollte eine neue Kirche bauen. Aber die altmärkischen Bauern waren nicht nur sparsam, sie waren auch geizig. Sie sagten: Hat die Kirche uns genügt, so muß sie auch unsern Kindern genügen. Alle Vorstellungen, alle Gegengründe blieben vergeblich. Da brach eines Abends ein Gewitter los, der Blitz schlug in den Turm der Kirche, durchschlug das Kirchendach, und die Kirche wurde ein Trümmerhaufen. Nun mußte gebaut werden. Doch was erlebten Pfarrer und Gemeinde? Unter den Steinplatten des Altarraumes kam eine eiserne Kiste zum Vorschein, gefüllt mit Gold- und Silbermünzen. War es eine Kriegskasse aus dem Dreißigjährigen Krieg, eine reiche Stiftung oder das vergrabene Gemeindevermögen? Die Sache ist nie aufgeklärt worden. Da in der Kiste sehr wertvolle und seltene Münzen lagen, half der Erlös wesentlich mit, eine große, lichte, neue Kirche zu bauen."

Der Kaiserbesuch in Osterburg

Hochmut kommt vor dem Fall. Als der Kaiser Lothar, der zweite dieses Namens, einstmals in der Altmark war und mehrere Städte besuchte, da wollte auch die Stadt Osterburg einer solchen Ehre teilhaftig werden, um nicht gegen die anderen Städte zurückzustehen. Sie ließ daher den Kaiser um einen Besuch bitten. Dem genügte dieser Herr, und er kam mit großem Gefolge und vielen Menschen in die Stadt.

Aber das kam den guten Leuten teuer zu stehen. Denn bei den Festlichkeiten, die sie zur Ehre des Kaisers anstellten, gerieten die Bürger nun mit den kaiserlichen Bediensteten in einen Streit, der so arg wurde, daß die meisten Einwohner von Osterburg erschlagen und die Stadt selbst mit der darin befindlichen Burg zertrümmert wurde...

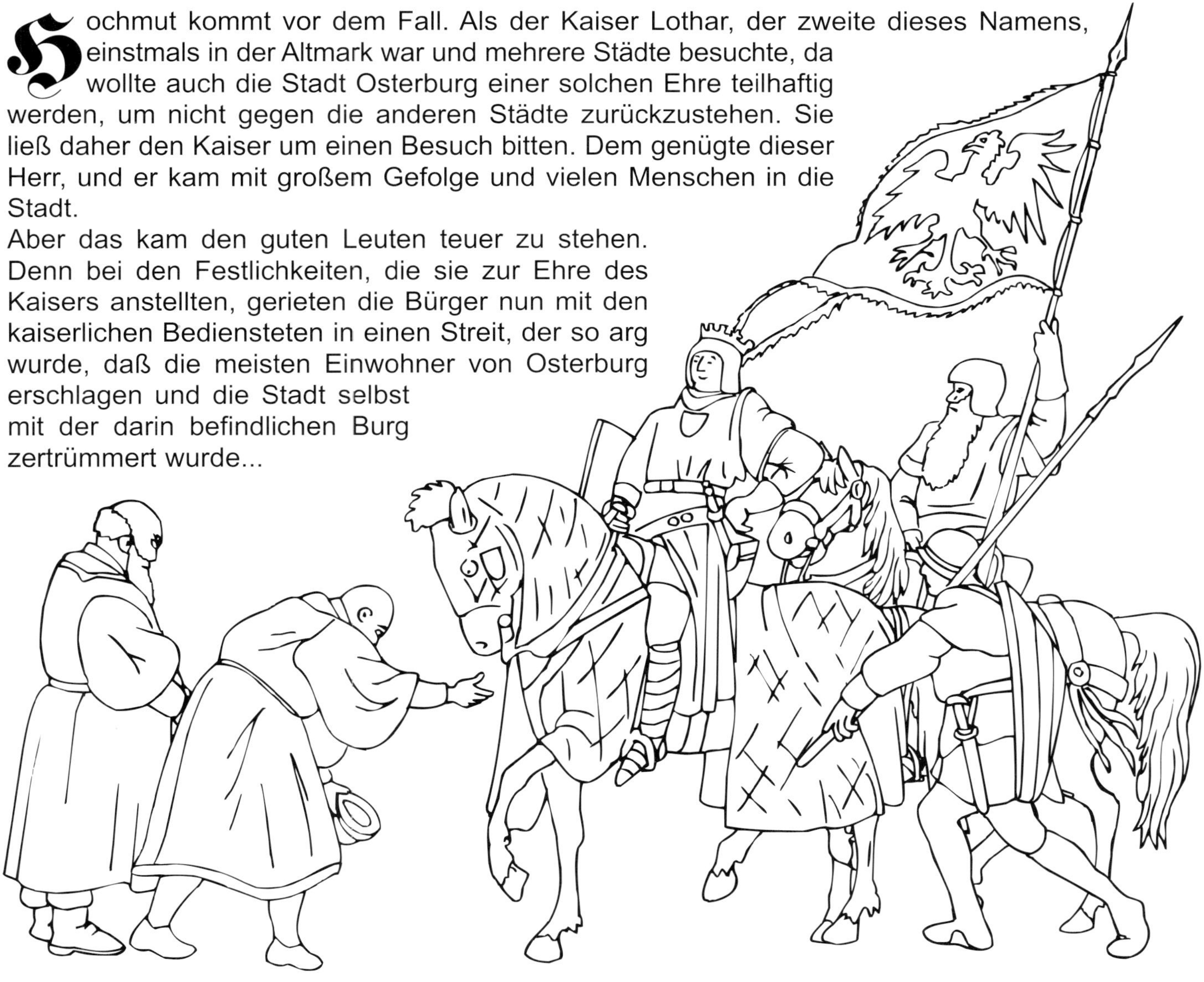

Die Wendenkriege

Markgraf Gero, von Kaiser Otto I. eingesetzt, stieß aus der Altmark über die Elbe nach Osten vor und gründete um 950 unter den Wenden die Bistümer Brandenburg und Havelberg. Nach dem Tode dieses Markgrafen brach ein Wendenaufstand im Jahre 983 aus, durch den zunächst fast alle Erwerbungen östlich der Elbe verlorengingen, darüber hinaus fiel sogar Arneburg zeitweise den Wenden in die Hände. 150 Jahre später, von 1134 bis 1170, herrschte in Salzwedel wieder ein bedeutender Markgraf, Albrecht der Bär aus dem Hause der Askanier. Er bekam das Land östlich der Elbe wieder fest in die Hand und nannte sich „Markgraf von Brandenburg", nachdem er das Havelland durch Vertrag mit dem Wendenfürsten Pribislav, der ihn zum Erben einsetzte, hinzugewonnen und die Prignitz erobert hatte. Schwere Kämpfe füllten seine Regierungszeit aus. Kein Wunder, daß Überlieferung und Sage diesen großen Mann umranken.

Magister Christoph Entzelt berichtet in seiner „Altmärkischen Chronika“ 1579 von den Kämpfen Albrechts des Bären. Wer eigentlich im einzelnen seine Gegner gewesen sind, das hatte man damals bereits vergessen. So faßte die Volkspoesie Slawen und Welfen einfach zusammen und verkörperte die Feinde des Bären in der Person eines Grafen Huder von Stade.

Als Schauplatz des Kampfes zwischen Albrecht und diesem sagenhaften Huder galt im Volk die Umgegend von Osterburg. Der erste Kampf soll vorher schon bei Dahrenstedt, zwischen Tangermünde und Stendal, stattgefunden haben. Dort wurde noch lange auf einem großen Stein der Abdruck vom Hufe des Pferdes Albrechts des Bären gezeigt.

Der Markgraf hatte vor Beginn des Kampfes seinem Heer zur Ermutigung zugerufen:
„So wahr ich trete in diesen Stein, auch dieser Sieg muß unser sein!“

Die Entscheidung fiel der Sage nach in zwei weiteren Schlachten bei Osterburg: „Markgraf Huder kam mit vielen Tausenden von Wenden zu einem Sumpfe und einem Bruche bei Osterburg, geheißen das ‚Wendische Luch', dorthin, wo das Wässerlein Schilddorf fließt. Albertus aber griff ihn mit dem fröhlichen Feldgeschrei ‚Ballenstedt' an und schlug ihn gewaltig. Drum findet man an dem Orte in einem Busch von Dornen noch einen Haufen großer Steine, darunter die erschlagenen Wenden liegen sollen."
Weiter berichtet Entzelt: „Bald aber erholte sich Markgraf Huder wieder. Er lieferte dem Bären Albrecht eine dritte Schlacht, gleichfalls bei Osterburg, in der Nähe des Dörfchens Krumke. In derselben ist eine so große Menge Menschen umgekommen, daß die Erde rund umher von deren Blut dunkelrot geworden ist. Das Bächlein dabei heißt deshalb auch ‚Die rote Furt'."

Es steht fest, daß damals die Gebiete um die Stadt Osterburg an der Biese Schauplatz schwerer Kämpfe waren. Die Gefährdung der Altmark aus dem Norden und Osten dürfte auch der Grund dafür gewesen sein, weshalb im 11. Jahrhundert Osterburg Sitz eines Grafengeschlechtes wurde, das die Grenze zu hüten hatte.

Gott läßt sich nicht spotten

In einem Dorfe bei Osterburg saßen an einem Sonntage mehrere Bauern im Kruge und tranken und spielten Karten. Einer von ihnen, der erst vor kurzem durch eine Heirat Hofwirt im Dorfe geworden war, ein wüster Gesell, tobte und fluchte fürchterlich, weil er ein paar Dreier verloren hatte. Darüber kam ein fremder Reisender in die Krugstube, der verkündete den Anwesenden, daß ein Gewitter im Anzuge sei und daß man schon den Donner von ferne hören könne; und er bat sie, mit dem Spielen Einhalt zu tun und lieber nach Bibel und Gesangbuch zu greifen. Der neue Hofwirt aber schalt und rief: „Was schert uns das Gewitter! Wir müssen weiterspielen, bis ich mein Geld wiederhabe." Die anderen wollten sich damit auch nicht lumpen lassen, und sie spielten fort.

Unterdes war das Gewitter näher gekommen; und es donnerte und blitzte draußen erschrecklich und wurde auch in der Stube so dunkel, daß man ohne Licht kaum noch sehen konnte. Die anderen Bauern hätten gern aufgehört, aber sie schämten sich vor dem einen, der ihrer Furcht und Angst spottete.

Endlich kam voller Schrecken über das Unwetter die Wirtin in die Stube gelaufen. Die entsetzte sich, als sie die Karten sah. Sie riß diese vom Tische weg und rief den Bauern zu: „Schämt ihr euch denn nicht, ihr Leute? Es ist sündlich und gottlos, bei solchem Wetter zu spielen!" Die Bauern nahmen nun das Gesangbuch zur Hand und ließen vom Spielen und Trinken ab, waren auch durch kein Verspotten des neuen Hofwirts zu etwas anderem zu bewegen. Darüber wurde dieser erbost, und er verhöhnte sie: „Ihr furchtsamen Seelen! Der Teufel wird euch nicht gleich holen, und das bißchen Poltern am Himmel wird euch auch nicht schaden." In seinem Übermut ging er immer weiter, bis er zuletzt ausrief: „Der liebe Gott will uns nur Wasser vom Himmel schicken; ich will ihm einmal in Bier Bescheid tun!" Damit nahm er seinen Krug Bier und ging zum Schrecken aller Anwesenden hinaus vor die Tür.

Auf einmal kam ein furchtbarer Blitz, als wenn die ganze Erde in Feuer stünde, und mit dem Blitze kam ein Donnerschlag, daß das Haus von unten bis oben erzitterte. Zu gleicher Zeit aber hörte man draußen ein ängstliches Schreien. Da liefen alle aus der Krugstube, und vor der Tür fanden sie den gottlosen Frevler knietief in die Erde geschlagen. Er war totenbleich im Gesicht und konnte sich nicht rühren. Sein Krug war zerschmettert, und nur den Henkel hielt er noch in der Hand. Man führte ihn in die Stube zurück. Dort brachen ihm die Augen. Er konnte nur noch eben die Worte herausstammeln: „Gott läßt sich nicht spotten!" Dann sank er zusammen und war tot.

Der Tanz auf der Tenne

Ein tragikomischer Vorfall, wie er gewiß zu den Seltenheiten gehört, trug sich in einem Dorfe des Kreises Osterburg im Jahre 1922 zu. Im Kruge wurde ein Ball abgehalten, und es herrschte eitel Lust und Freude. Zwei junge Menschenkinder, ein Männlein und ein Weiblein, entbrannten im Verlaufe des Abends in heißer Liebe zueinander und fühlten, wie das ja ab und zu vorkommen soll, trotz der winterlichen Kälte das Bedürfnis, sich zu einem Schäferstündchen zurückzuziehen. Als Ort für dieses trauliche Alleinsein wählten sie den über dem Tanzsaal liegenden Strohboden.

„Doch mit des Geschickes Mächten ist kein ewiger Bund zu flechten, und das Unglück schreitet schnell!“ In der Dunkelheit hatte sich das Pärchen zu seinem Techtelmechtel an einem höchst gefährlichen Platz niedergelassen, nämlich auf der aus Anlaß der Feier und zum Schutz gegen die Kälte nur mit dünnen Brettern und Stroh verdeckten Bodenluke.

Und während unten Brummbaß, Fiedel und Trompete zum schönsten Schieber aufspielten, oben aber das Liebespärchen in höchster Seligkeit schwelgte, verschoben sich unglücklicherweise die Bretter --- vom „Himmel hoch“--- kamen die zwei Menschenkinder heruntergesaust und fielen mitten in das tanzende Publikum hinein, das natürlich entsetzt auseinanderstob, dann aber in ein großes Halloh ausbrach.

Während „sie“ mit dem Schrecken und unverletzt davonkam und auch schleunigst verschwinden konnte, trug „er“ bei dem Sturz einen Bruch des Fußgelenkes davon.

Ja, wer den Schaden hat, braucht für den Spott nicht zu sorgen...

Der Neuendorfer Speckgraben

In der Altmark gibt es sage und schreibe vier Dörfer, die Neuendorf heißen. Damit man sie überhaupt voneinander unterscheiden kann und die Leute gleich merken, welches der vier Neuendorf denn nun gerade gemeint ist, haben diese vier Dörfer im Laufe der Zeit zusätzliche Namen und Bezeichnungen erhalten. So heißt das Neuendorf bei Kalbe (Milde) denn auch „Neuendorf am Damm“, weil es an einem Bache liegt, den die Bauern schon seit alters her den „Damm“ nennen. Aus dem Neuendorf bei Klötze ist so das Neuendorf am Klobenwalde geworden, weil es einst inmitten eines Waldes voller mächtiger urwüchsiger Bäume stand. Das Neuendorf bei Gardelegen kennt jeder als Kloster Neuendorf. Es heißt so, weil hier lange Jahrhunderte ein reiches Frauenkloster war, welches große Besitzungen in allen Dörfern der Umgegend sein eigen nannte. Und dann gibt es noch ein viertes Neuendorf, nicht weit entfernt von der Straße gelegen, die Stendal mit Osterburg verbindet. Dieses Neuendorf nennen die Altmärker seit vielen Jahren Neuendorf am Speck. Der Speck ist ein kleiner Bach, der eigentlich Speckgraben genannt wird. Und das kam so:

Einst kam durch Neuendorf ein Handwerksbursche, der stahl einem Bauern ganz frech eine mächtige Speckseite aus der Vorratskammer. Und wie das bei Dieben oft so ist, war die Gier hier wieder einmal größer als die Kraft, das Diebesgut auch wegtragen zu können. Schwer hatte der Bursche an seiner Beute zu schleppen, bald schon trugen seine Arme die Last nicht mehr. So holte er einen Strick aus der Hosentasche, band sich die leckere Last so einfach um den Hals und nahm weiter Reißaus in Richtung auf Peulingen. Als er auf die Brücke kam, die im sogenannten „Spring“ über den Graben führte, mußte er sich unbedingt verpusten. Er setzte sich aufs Brückengeländer und ließ die Last an seinem Hals in der Luft baumeln, denn in den Staub des Weges wollte er den schönen Speck nicht legen. Doch die Speckseite war so schwer, daß sie den Dieb flugs vom Geländer riß. Mit einem großen Platsch fiel der Speck in den Graben, und der Dieb flog rückwärts und kopfüber hinterher. Gar jämmerlich ertrank er, denn der Speck an seinem Hals hielt ihn wie angekettet auf dem Grunde des Grabens. So fanden ihn dann auch die Bauern von Neuendorf, die sich inzwischen aufgemacht hatten, den Dieb zu verfolgen.

Seit dem heißt der Graben der „Speckgraben“, und das Dorf dabei kennt heute schon niemand mehr anders als das „Neuendorf am Speck“ - jedenfalls will es die Sage so.

Die beiden Frauen zu Aulosen

Vor vielen hundert Jahren lebte auf seinem Schlosse zu Aulosen im Kreis Stendal in der Wische ein Herr von Jagow. Er hatte eine Frau und viele Kinder. Aber weil er sehr fromm und gottesfürchtig war, so ließ er alles im Stich und zog mit den deutschen Heeren in den Türkenkrieg, um den „Erbfeind des christlichen Glaubens“ besiegen zu helfen.

Dort ging es ihm indes sehr schlecht; er wurde gefangen und als Sklave verkauft. Er kam als Gärtner zu einem vornehmen türkischen Herrn. Die Tochter dieses Türken kam oft in den Garten, in welchem er arbeitete, und sah ihn und hatte ihr Gefallen an ihm, weil er ein sehr schöner und schmucker Herr war. Sie fühlte auch bald Mitleiden mit seinem Unglück, und endlich hatte sie ihn in ihrem Herzen so lieb gewonnen, daß sie nicht mehr von ihm lassen konnte. Der Ritter merkte das alles wohl, und obgleich er seine Gemahlin mit seinem ganzen Herzen liebte, so war er doch auch der Türkentochter gut, weil er nur durch ihre Hilfe hoffen konnte, seine Freiheit zu erlangen und seine Hausfrau, seine lieben Kinder und seine Heimat im Leben wiederzusehen. Deswegen ließ er sich mit ihr ein, und er versprach, sie neben seiner Gemahlin zu heiraten, wenn sie ihn befreien und zu dem christlichen Glauben übertreten wolle. Dazu war sie gern bereit. Sie entfloh glücklich mit ihm aus seiner Sklaverei. In Deutschland wurde sie eine Christin und dann durch die Dispensation des Papstes seine Hausfrau.

Es war gerade am Grünen Donnerstag des Mittags, als der Ritter mit seiner gewesenen Türkin auf seinem Schlosse zu Aulosen ankam. Seine deutsche Hausfrau und seine Kinder saßen am Mittagstisch und aßen Erbsen und Stockfisch. Sie freuten sich sehr, wie sie ihren Herrn und Vater wiedersahen, den sie tot geglaubt hatten, und die erste Frau nahm die mitgebrachte zweite mit Freuden neben sich auf. Beide Frauen wurden die besten, verträglichsten Freundinnen, und blieben dies bis an ihr seliges Ende.

Das Bildnis der Türkin wird noch unter den Jagowschen Familiengemälden gezeigt. Sie ist danach ganz ausnehmend schön gewesen. Sie ist, wie man sagt, zu Großen Garz begraben. In dem Kirchengewölbe daselbst zeigt man noch ihren einbalsamierten Körper. Auch zeigt man dort zwei Leichensteine, auf welchen zwei weibliche Figuren ausgehauen sind, welches die beiden Frauen dieses Ritters sein sollen …

Die Kluge Äbtissin vom Arendsee

In der Altmark, nicht weit von Havelberg, liegt nahe an einem See das Städtchen Arendsee. Hier stand einst ein Frauenkloster, dessen Insassen nur aus adligen Häusern stammten. Daher herrschte in dem sehr reichen Kloster trotz Schleier und Ehelosigkeit eine gewisse Freizügigkeit, die das Leben leichter machte als anderswo. Es war ein Hort des Friedens und Frohsinns.

Doch im Jahre 1326 überfielen die Polen, unterstützt von Litauern und Russen, das Land und versetzten die Bevölkerung in Angst und Schrecken.

Zu dieser Zeit hatte das Kloster eine noch junge, schöne und energische Vorsteherin, die auch bei den schlimmsten Gerüchten völlige Ruhe bewahrte. Doch alle Vorsichtsmaßnahmen, die sie zum Schutze des Klosters ergriff, konnten die aufgeregten adligen Conventualinnen nicht beruhigen; sie wurden immer ängstlicher und kopfloser.

Eines Morgens erschien eine zahlreiche polnische Horde unter Führung eines hohen Offiziers vor den Toren des Klosters. Die Domina und der Hauptmann der kleinen Besatzung, die zum Schutze des Klosters eingetroffen war, beratschlagten, was zu tun sei. Plötzlich kam der Domina eine Erleuchtung: Sie sandte den Hauptmann als Parlamentär zu dem Befehlshaber der Belagerer und ließ ihm sagen, sie würden sich freiwillig ergeben, sofern er einverstanden sei, daß sie alles, was sie unter ihrem Chormantel verbergen könne, heraustragen dürfe. Dies möchte er bei seiner Ehre bezeugen. Der Hauptmann tat, wie ihm befohlen.

Nun war der Starost der polnischen Truppen ein stolzer und reicher Burgherr, dem weniger an dem Kloster und seinen Schätzen gelegen war, sondern mehr an den jungen und schönen Klosterfräulein. Und so gewährte er die Bitte der Domina. Diese erwartete den Hauptmann voller Spannung zurück. Als er ihr die Zustimmung des Polen berichtete, ging ein Lächeln über ihr Gesicht, so daß der Hauptmann voller Sorge sagte: „Einen Teil der Schätze könnt Ihr wohl hinaustragen, aber was wird aus den armen Conventualinnen?“ - „Keine Sorge, die Schätze habe ich schon vergraben, dort, wo sie ganz sicher sind, und die Conventualinnen verlassen mit mir, unter dem Schutze des weiten Chormantels der Stifterin unseres Klosters, das Haus.“

Darauf ging sie in die Schatzkammer, nahm aus einem Reliquienschrein den Chormantel von ungeheurer Weite und begab sich in die Kapelle, wo ihre Schützlinge aufgeschreckt, weinend und klagend durcheinanderliefen. „Bringt mir den Stab der Äbtissin, und dann kriecht alle unter meinen Mantel! Ich habe die Erlaubnis erhalten, alles mitzunehmen, was unter ihm Platz findet."

Einige Minuten später erschien unter dem geöffneten Tor die schöne jugendliche Domina; unter ihrem Mantel jedoch schauten neun junge und alte Frauengesichter hervor. Die Polen standen bei diesem Anblick völlig verblüfft, nicht wissend, was dies zu bedeuten habe. Der Starost fand als erster die Sprache wieder und sagte, sich vor der Äbtissin verbeugend: „Domina, zum ersten Mal in meinem Leben bedaure ich, daß mir das gegebene Wort heilig ist. Sonst würde ich allen in diesen Mauern freien Abzug gewähren; Euch jedoch würde ich als mein Weib auf meine Burg bringen."

Errötend antwortete die Domina: „Fesselte mich nicht mein Gelübde, ich würde Euch Eures Wortes für meine Person entbinden." - „Wohin wollt Ihr Euch begeben?" - „Nach Havelberg."

„Dann gestattet, daß ich Euch mit einigen meiner Leute begleite."

Die Domina nahm dieses Anerbieten an, und erst kurz vor den Toren Havelbergs trennte sie sich von dem bekehrten und mit List bezwungenen Feind.

Wochen später sandte der Starost einen vom Polenkönig selbst ausgestellten Schutzbrief, wonach dem Kloster und seinen Insassen fortan kein Leid geschehen dürfe. So konnte die mutige Äbtissin ihre Schützlinge wieder in das Kloster Arendsee zurückführen, wo sie alles unverändert vorfanden; die Polen hatten keinerlei Spuren hinterlassen. Als die Domina jedoch in ihr Gemach trat, erblickte sie auf ihrem Betstuhl ein verwelktes Rosensträußchen; und von Stund an hatte sie ihren früheren Frohsinn verloren.

Der Kobold in Lichterfelde

Wie in den meisten Gegenden Deutschlands, so ist auch in der Altmark die Sage vom Kobold sehr verbreitet. Man unterscheidet eine doppelte Art, die guten und die bösen. Der gute Kobold hält sich gewöhnlich auf dem obersten Boden des Hauses auf. Er wird gehörig gepflegt und besonders mit Milchsuppen gefüttert. Dafür bringt er Segen ins Haus, er schafft Geld herbei und verrichtet allerlei nützliche Arbeiten. Er muß sehr sorgsam gewartet und gepflegt werden; denn sonst wird er böse, zieht aus dem Hause und steckt es in Brand.

Der böse Kobold ist eigentlich so recht böser Natur nicht. Er treibt nur gern allerlei Kurzweil und hat seine Freude daran, die Leute zu necken. Er erscheint in allen möglichen Gestalten, so wie es seine Laune und der Spaß, den er vorhat, gerade mit sich bringen. Gewöhnlich aber hat er die Gestalt eines kleinen untersetzten Knaben, von ungefähr zwei Fuß Größe, in roten Kleidern.

Ein gar neckischer Kobold war einmal in dem Dorfe Lichterfelde in der Wische. Es wohnte dort ein Bauer, der eines Tages Korn in die Stadt gefahren hatte. Wie er zurückfuhr, fand er mitten auf dem Wege einen ganz neuen Kober, der sorgfältig mit Stricken zugebunden und versiegelt war. Der Bauer glaubte, einen reichen Fund getan zu haben. Er hob voller Freuden den Kober auf und nahm ihn mit nach Hause. Hier öffnet er ihn geschwind, um zu sehen, was darin ist. Aber zu seiner Verwunderung findet er ihn ganz leer, als er hineinfaßt. Hineinsehen konnte er nicht, denn es war schon Abend, und Licht hatte er nicht angezündet. Noch mehr verwundert er sich aber, als es ihm vorkommt, als höre er etwas sich bewegen und ganz leise, aber geschwinde aus dem Kober herausschlüpfen.

Das war ein Kobold gewesen, der noch an demselben Abende sein neckendes Spiel begann. Sowie der Bauer Licht angezündet hatte, warf er ihm das vom Tische. Bänke und Stühle kehrte er um; und er machte einen gewaltigen Spektakel und Unfug, so daß man wohl sehen konnte, er müsse lange in dem Kober festgesessen haben und wolle sich dafür recht was zugute tun. Einmal warf er eine Fleischgabel gegen die Stubentür, mit solcher Gewalt, daß sie darin steckenblieb und daß alle Knechte des Bauern hereinkommen mußten, um sie herauszuziehen.

Der Bauer wendete allerlei Mittel an, um diesen Kobold wieder einzufangen. Es wollte aber alles nichts helfen. Er warf umsonst die teuersten Naschereien in den Kober und wartete in seinem Versteck stundenlang, daß jener kommen und naschen möge. Der Kobold war ihm aber zu klug. Selbst Zaubermittel halfen nicht gegen ihn. Das Gerücht von diesem Kobold hatte sich unterdes in der ganzen Wische verbreitet, und es kam einstmals ein Bekannter des Bauern auf einem wilden Hengste geritten, um ihn zu besuchen und etwas Neues über den Kobold zu erfahren. Schon an der Hofpforte rief er dem Bauern zu: „Nun, wo hast du denn deinen Teufel?“ Der Kobold aber saß gerade auf der Pfortentür. Wie der die Worte hörte, da sprang er geschwind auf das Pferd des fremden Bauern und kniff und kratzte es, daß der Hengst wie toll davonlief. Der Bauer ward gleich abgeworfen, und das Pferd lief weiter. Nicht lange aber, so kam es an einen Weidenbaum; unter dem lief es in seiner Angst durch und streifte so den Kobold ab.

Von dieser Weide kann der böse Geist nun nicht herunter. Desto toller treibt er aber sein Unwesen darauf. Bis auf den heutigen Tag sitzt er noch da, und sobald der Abend kommt, läßt er keinen Menschen ungeschoren vorbeigehen.

Der 1839 noch lebende Schäfer in Hindenburg wußte viele Streiche von ihm; der Mann schwörte auch, daß die Geschichte Wort für Wort wahr gewesen sei.

Der Werwolf in Hindenburg

Der Glaube an den Werwolf hat sich auch in der Altmark erhalten. In dem Dorfe Hindenburg erzählten sich die Leute noch 1839 von einem solchen Menschen, der sich in einen Wolf hat verwandeln können; und es lebten damals noch welche, die ihn in ihrer Kindheit gekannt hatten. Er hatte einen Streifen Leder aus einer Wolfshaut gehabt, an der noch die Haare waren. Sobald er sich diesen um den Leib band, war er in einen Wolf verwandelt. Er hatte dann eine außerordentliche Stärke, so daß er oft ganz allein ein ganzes Fuder Heu zog oder einen ganzen Ochsen in sein Maul nahm und ihn so forttrug. Er hatte aber in solchem Zustand dann auch ganz und gar die Natur des Wolfes; denn er würgte das Vieh und fraß sogar Menschen.

Einer seiner Nachbarn ward einmal von ihm verfolgt und konnte ihm nur mit genauer Not entgehen. Nur seine Frau verschonte er, wenn er auch noch so wütend war. Sie kannte einen Zauberspruch, wodurch er gebannt wurde und den er sie selbst gelehrt haben soll. Sie schnallte ihm dann diesen Streifen wieder ab, und nun war er wieder ein vernünftiger Mensch...

Der Riesenstein bei Dequede und der Fischteich bei Seehausen

Zwei Riesen, von denen der eine in Wittenberge, der andere in Seehausen wohnte, lebten schon seit langer Zeit in bitterer Feindschaft. Wo auch nur die beiden einander begegnen mochten, konnten sie es nicht lassen, sich gegenseitig zu necken, zu beschimpfen oder auch einen Schabernack zu spielen. Zum öftern arteten ihre wüsten Schimpfreden sogar in arge Raufereien und blutige Prügeleien aus.
Einstmals hatte der Seehauser Riese seinem alten Feinde zu Wittenberge einen besonderen Schabernack gespielt. Darüber war der Wittenberger so erbost, daß er voll Rachegedanken einen großen Stein aufhob, um damit den Seehäuser totzuwerfen.
In seiner Wut hatte er aber den Stein mit so großer Wucht fortgeschleudert, daß derselbe weit über die schönen hohen Türme der Stadt Seehausen wegflog und eine ganze Strecke südlich davon zur Erde fiel. Obwohl er nun beim Fallen ein ziemlich großes und tiefes Loch aufgewühlt hatte, blieb er darin jedoch nicht liegen, sondern schurrte, weil er immer noch im guten Schuß war, noch ein Stück weiter bis kurz vor das Dorf Dequede, welches in gerader Linie südlich von Wittenberge und Seehausen liegt. Das von dem Riesenstein in der Erde aufgewühlte Loch füllte sich alsbald mit Wasser, und es entstand an dieser Stelle ein schöner Teich, in welchem viele Fische lustig umherschwammen.

Dieser Teich ist noch heute vorhanden und den Bürgern der Stadt Seehausen unter dem Namen „Fischteich“ wohlbekannt.
Der Riesenstein aber, dem dieser Fischteich sein Entstehen verdankt und der die Form eines riesigen Backofens hatte, ist von der Feldmark Dequede nun auch schon seit vielen Jahren verschwunden; und fragst du nach dem Steine, du findest ihn nicht mehr.

Der letzte Pfarrer in Krumke

Das Dorf Krumke hatte früher seinen eigenen Pfarrer. Später war es ein Filial von Losse. Der letzte Pfarrer lebte zur Zeit des Dreißigjährigen Krieges. Er hatte eine sehr kärgliche Einnahme und war ein alter, schwächlicher Mann. Wenn er in seiner Gemeinde herumreisen mußte, so saß er auf einem alten zweirädrigen Karren, der mit Brettern benagelt und mit zwei Kühen bespannt war, denn ein Pferd hatte er nicht. Auch einen Knecht konnte er sich nicht halten, und darum mußte seine Tochter ihn fahren.
Eines Tages, als er so von dem Dorfe Düsedau zurückkam, begegneten ihm schwedische Reiter. Die hielten ihn und sein Fuhrwerk an und verlangten, daß seine Tochter ihnen zu Willen sein solle. Das Mädchen und der Pfarrer gerieten darüber in großen Schrecken. Er kletterte von seinem Karren herunter und fiel den Soldaten zu Füßen, ihr Mitleid anflehend.
Anfangs half das nichts. Zuletzt aber sagten sie, wenn er ihnen seinen ganzen Verdienst von heute abgebe, so wollten sie seine Tochter fahren lassen. Da reichte er ihnen mit Zittern alles hin, was er hatte. Es waren zwei Schillinge. Die Schweden wollten ihr Wort nicht brechen; sie nahmen das Geld und jagten lachend davon.

Die beiden Schatzgräber in Kerkau

In dem etwa drei Stunden südlich von Arendsee gelegenen Dorfe Kerkau wohnten einst zwei Bauern, mit Namen Luks und Mette. Eines Tages kam zu dem letzteren ein junger Schweinehirt und erzählte ihm, daß an jedem Sonnabend, wenn er seine Schweine nach Hause treibe, hinter dem Hofe von Asmus Schulze Feuer aus der Erde brenne. Mette forderte nun den Jungen auf, er solle, wenn er das Feuer wieder brennen sehen würde, ihm dies sofort sagen und den betreffenden Ort mit einem Stock bezeichnen. Der Junge versprach, dies zu tun; und als er am nächstfolgenden Sonnabend an derselben Stelle wieder das Feuer brennen sah, steckte er einen Stock dorthin, lief eiligst zu Mette und meldete es ihm. Da nun Mette sich fürchtete und deshalb den Schatz nicht allein heben wollte, so ging er am Sonntag früh zu seinem Nachbarn Luks und forderte denselben auf, ihm beim Herausgraben des Schatzes behilflich zu sein. Dieser erklärte sich hierzu sofort bereit, und nun machten sich die beiden Bauern daran, den Schatz zu heben. Kaum hatten sie damit begonnen, so fingen die Glocken vom Kirchturm an zu läuten, um die Gemeinde zum Gottesdienst zu rufen. Da sagte Luks zu Mette: „Du, Mett“, weetst d’ wat, loat uns beid’ man ierst to Kirch goahn, noaher will’n w’ beid’ wä’ up’t Frisch anfang’n.“ Mette ging nun auch wirklich sofort hin. Luks aber, welcher den Schatz allein heben wollte, blieb zurück und freute sich, den Nachbar angeführt zu haben.

Als die Kirche aus war, wollte Mette weitergraben, aber der Schatz war weg. Da lief er entrüstet zu Luks, weil er bestimmt glaubte, der müßte denselben schon weggeholt haben. Als er in dessen Haus trat, hörte er, derselbe sei plötzlich krank geworden. Und so war es auch: Denn als er dessen Kammer betrat, fand er ihn im Sterben liegen, und „Wat helpt’t mi nu?“ waren dann seine letzten Worte, ehe er die Augen zum Tode schloß.

Luks hatte während des Gottesdienstes wirklich den Schatz aus der Erde gegraben. Aber als er sich damit durch die hintere Pforte seines Hauses schleichen wollte, um ihn in Sicherheit zu bringen, war er von einer wilden Sau angefallen worden, welche ihm das Geld wieder geraubt hatte. Die Folge des großen Schrecks, den er dabei bekommen, war die gewesen, daß er sofort in ein hitziges Fieber gefallen war, welches seinen schnellen Tod herbeiführte.

Der Nobiskrug

In der Altmark wie auch im Havellande herrschte früher der altheidnische Brauch, dem Toten ein Geldstück unter die Zunge zu legen. Das ist noch demnach das alte Fährgeld, welches dem Verstorbenen angeblich den Zugang in die Totenwelt erschließen sollte. Wer es nicht mitbekommt, so meint man, wird zum „Nachzehrer" und holt andere nach. Im sogenannten Hans-Jochen-Winkel hatten sie auch noch bedeutsame Sprichwörter davon; denn wenn einer schon lange verstorben war, hieß es: „De is hee all hen na Nobiskrooch", wo die Toten alle, hieß es, zusammenkommen sollen. In betreff des Geldstücks, das man dem Toten unter die Zunge gelegt und das früher meist „ein Sechser" war, heißt es dann: „In Nobiskrug müssen die Toten ihren letzten Sechser verzehren." Dort erhalte man, so hört man auch noch, den Paß zum Himmel; ja einige meinen, es sei der Himmel selbst. Diese Dinge bekommen dadurch eine besondere Bedeutung, daß der Name Nobiskrug früher eine verbreitete Bezeichnung für das Totenreich oder die Hölle war. Und wie unter anderem in Doktor Martin Luthers „Tischreden" die Redewendung vorkommt: „in Nobiskrug fahren", so steht sie auch noch in einem Liede aus dem achtzehnten Jahrhundert „zum Preise des Bernauer Biers" beim alten Bekmann:

Mancher wär' vor zwanzig Jahren
Schon in Nobis-Krug gefahren,
Wenn er dich nicht brav gelecket
Und den Tod so abgeschrecket.

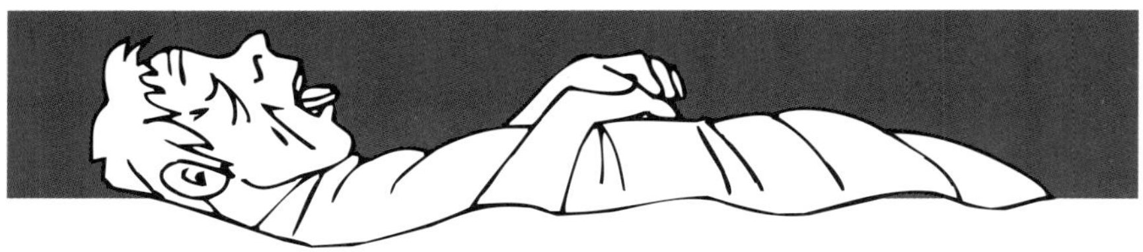

Man dachte den Ort sich etwa als eine Art Herberge, in welcher der Teufel, der ja auch sonst Höllenwirt heißt, Wirtschaft halte. Dazu paßt nun, daß man im Hans-Jochen-Winkel noch ein Wirtshaus bei Neu-Ferchau oder diesen Ort selbst, der am Rande der Sumpfgegend des Drömling liegt, „Nobiskrug" nennt und nun auf diesen die Sage bezieht. Gewöhnlich deutet man den Namen als „Naberskrooch" und erzählt eine Geschichte von einem Wirt Naber, der sich dort niedergelassen, oder einem, der seitab von Neu-Ferchau sich angebaut habe und dann als ein guter „Nachbar" angesehen sei, weshalb man seinen Krug als „Nachbarskrug" bezeichnet habe. Dementsprechend wird auch das Bild von dem Nobis- oder Naberskrug, wo die Toten zusammenkommen, echt humoristisch-bäurisch ausgeführt, wenn es weiter heißt: „Da wird Karte gespielt, und die, welche es hier nicht gelernt haben, müssen Fidibus pflücken." Mehr an den alten heidnischen Himmel gemahnt aber noch, wenn man sagt: „Wer bei seinen Lebzeiten nichts getaugt, muß dort Schafböcke hüten," was, nebenbei bemerkt, ein Kunststück wäre.

Die Nachzehrer

In der Gegend von Diesdorf glauben noch viele Leute an die sogenannten „Nachzehrer". Oft geschieht es nämlich, daß, wenn sich erst ein Todesfall in einer Familie ereignet hat, bald mehrere Glieder derselben nachsterben. Das kommt daher, heißt es dann, daß man jenem ersten Toten nicht „den Zehrpfennig" in den Mund gegeben oder ein anderes Versehen gemacht, zum Beispiel seinen Namen nicht aus dem Hemd geschnitten hat.
So geschah es auch einmal noch im achtzehnten Jahrhundert, daß viele Leute aus einer Familie schnell hintereinander starben; da entschloß man sich denn, den, welcher zuerst gestorben und offenbar der Nachzehrer war, auszugraben. Man fand nun, daß er bereits alle seine Kleider aufgezehrt hatte, und weil es kein anderes Mittel gegen das Nachzehren gibt, als dem Toten das Genick abzustechen, so trat der Mutigste hinzu, nahm den Spaten und tat es. Da hat man deutlich gehört, daß der Nachzehrer noch ordentlich wie ein kleines Ferkel „gequiekt" hat. Geholfen aber hat es...

Das Stadtholz bei Salzwedel

Die Stadt Salzwedel besitzt ein ansehnliches Gehölz, welches einen Flächeninhalt von mehr als neuntausend Morgen hat. Vor Zeiten war dasselbe noch bedeutend größer, und es ist durch folgende Begebenheit kleiner geworden:

Es hatte nämlich vor vielen hundert Jahren ein Markgraf seinen Fürstensitz in Salzwedel; der hatte eine Liebschaft mit der Frau des Freischulzen in Brietz, welches Dorf nahe an dem Stadtholze liegt. Als er nun eines Tages bei dieser Frau zum Besuche war, da kam, ihm sehr ungelegen, der Schulze nach Hause. Der Markgraf daher, um seiner los zu werden, versprach ihm einen solchen Strich von dem Stadtholze abzutreten, als er in einer Viertelstunde umgehen werde. Das ließ sich der Schulze nicht zweimal sagen. Er eilte flugs in das Stadtholz, schritt auch seine Viertelstunde lang lustig zu. Als er aber nach Verlauf derselben zurückkehrte, kam er dem Markgrafen noch zu früh, und dieser versprach ihm daher noch einen solchen Strich, als er in einer zweiten Viertelstunde umgehen werde.

Auch dieses ließ der Schulze sich gefallen, und es kam auf solche Weise ein großer und schöner Teil von dem Stadtholze auf ewige Zeiten fort an die Erben des Schulzen zu Brietz, die ihn noch 1839 besaßen.

Der bestrafte Meineidige

In der Stadt Salzwedel lebte einst ein Mann, der hundert Dukaten geborgt hatte. Als nun die Zeit des Wiederbezahlens kam und sein Gläubiger ihn mahnte, da leugnete er frech und standhaft ab, auch nur einen Pfennig empfangen zu haben. Er wurde deshalb auf das Rathaus gefordert, und hier wurde von ihm ein Eid verlangt, daß er kein Geld erhalten oder daß er es seinem Gläubiger zurückgegeben habe.

Der böse Schuldner hatte das vorhergesehen, und er hatte daher listigerweise die hundert Dukaten in seinem Spazierstock eingespundet. Diesen nahm er so mit auf das Rathaus, und weil er nicht falsch schwören wollte, sondern sein Gewissen dadurch zu retten glaubte, so bat er seinen Gläubiger, ihm während des Eides den Stock zu halten. Darauf schwur er mit großer Frechheit, daß er das Geld ehrlich zurückgegeben habe, und sein Gegner wurde mit der Klage abgewiesen. Aber die Strafe ereilte den Meineidigen auf der Stelle. Denn wie er nun zu seinem Hause zurückkehrte, da begegnete ihm ein Müllerwagen, vor dem die Pferde scheu geworden waren. Der überfuhr ihn, daß ihm die Räder über den Leib gingen und er sofort starb. Auch sein Stock wurde durch das Überfahren zerbrochen, und als aus demselben die Dukaten herausfielen, da wurde der Betrug offenbar, und ein jeder erkannte die Strafe des Himmels.

In der Katharinenkirche in der Neustadt zu Salzwedel findet man diese Geschichte abgebildet.

Cheine • Salzwedel • Seeben

Der Steinwurf des Riesen Jan Kahl gegen die Burg Salzwedel

In der Altmark gibt es mehrere Sagen, in denen erzählt wird, daß ein Riese einen großen Stein oder auch mehrere gewaltige Steine auf eine Kirche oder eine christliche Burg schleudere, um dieselbe zu zertrümmern. In der Sage vom Steinberg zu Flessau sind es die Wenden, welche große Granitblöcke auf die dortige Kirche zu werfen versuchen. In den Steinwürfen der Riesen oder auch der Wenden ist der Kampf des alten Heidentums (des teuflischen Riesen) gegen das immer mehr um sich greifende Christentum abgebildet. Daß die Steinwürfe das Ziel verfehlen, hat wohl die Bedeutung, daß der Kampf des Heidentums gegen das siegreiche Christentum vergeblich war.

Diesem Gedanken begegnen wir zunächst in dem Steinwurf des Riesen Kahl gegen die christliche Burg zu Salzwedel. Im Westen von dem wendischen Dorfe Cheine im Kreise Salzwedel liegt ein sehr großer Granitblock. Nach der Sage soll derselbe von einem Riesen Jan Kahl herrühren. Als nämlich die Salzwedeler eine schöne Burg gebaut hatten, war der Riese hierüber auf das höchste aufgebracht und erzürnt. Aus diesem Grunde suchte er die Burg zu zerstören und lag dieserhalb mit den Salzwedelern längere Zeit in bitterer Fehde. Diese seine Versuche blieben aber fruchtlos, ja die Insassen der Burg trieben ihn bis zum Dorfe Seeben zurück. Das ärgerte den Riesen über alle Maßen, und als er bei diesem Dorfe einen großen Stein fand, ergriff er diesen in heller Wut und schleuderte denselben hoch durch die Lüfte gen Salzwedel. Die Entfernung war aber doch zu weit; der Riese Kahl hatte seine Kraft überschätzt, und der Stein blieb, ohne sein Ziel zu erreichen, schon bei dem Dorfe Cheine liegen.

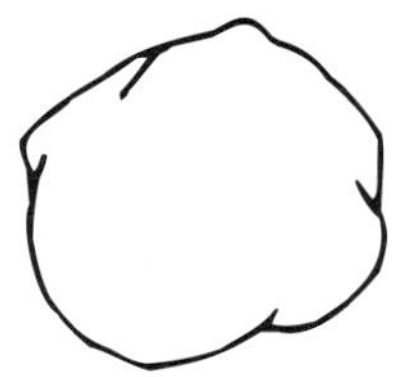

Die Totenglocke

Zu Kalbe an der Milde, dem Sitze der edlen Herren von Alvensleben, steht das „Feste Haus“, wie man das alte Stamm- und Ahnenschloß dieser alten und begüterten Familie nennt, und in diesem Hause hing eine Glocke, die begann von selbst anzuschlagen und zu läuten, wann ein Glied der Familie derer von Alvensleben mit Tod abgehen sollte, mochte sich dieses auch in den fernsten Landen befinden.

So wunderbar die Eigenschaft dieser Glocke war, so wenig Angenehmes hatte sie für das lebende Geschlecht, dessen zahlreich verzweigter Stamm in vielen Gliedern blühte, wenn sie so plötzlich in das schönste Frühstück oder Mittagsmahl hinein ihre schaurige Prophetenstimme erschallen ließ... Da hatte einer des Geschlechts den einfachen und gar nicht üblen Gedanken, die Glocke einfach zu beseitigen. Mit einem Male war sie weg, und noch heute weiß keiner, wo sie geblieben ist.

Der entdeckte Verräter

Im Verlauf des Dreißigjährigen Krieges besetzte im Jahre 1642 der schwedische Feldherr Torstensen die Altmark und schlug sein Hauptquartier im Perver, der Vorstadt von Salzwedel, auf. Die Führer der kaiserlichen Truppen, die Piccolomini, zogen sich nach einem Geplänkel an der Biese nach Tangermünde zurück. Nun gab es im schwedischen Lager einen Verräter, den Oberst von Seckendorf. Der schickte einen Trompeter als Boten mit verräterischen Papieren zu den Kaiserlichen. Dieser wurde bei Apenburg von den schwedischen Vorposten angehalten. Er tat ganz unschuldig; aber plötzlich bockte sein Gaul, eine Sattelnaht platzte, und die verräterischen Papiere flogen heraus.

Zunächst achtete zwar niemand darauf, aber der Tewe, der Hund des schwedischen Vorpostenoffiziers, faßte die Papiere. Und wenn auch einige schon in den Schmutz getreten und dadurch unkenntlich geworden waren, so genügte doch der Rest, um den Verrat aufzudecken. Unter dem Vorsitz des Grafen Königsmarck wurde nun ein Standgericht abgehalten, und Seckendorf wurde verurteilt und enthauptet.

Der Giemk zu Kalbe an der Milde

Eine hiesige Frau, aus dem ungefähr zwei Stunden von Kalbe an der Milde entfernten Dorfe Poritz stammend, erzählte einst von einem Kobold, den sie „Giemk“ nannte. Dieser Kobold, der sonst meistens den Namen „rotjackiger Junge“ führte, ist vielleicht der plattdeutsche Ausdruck für Gübich, wie ein Kobold heißt, welcher im Gebirge des Harzes haust. In Kalbe an der Milde trieb der Poltergeist Giemk sein neckisches Spiel und Wesen besonders in einem altertümlichen Hause, welches an der Milde gelegen war. Obgleich nun dieser Hausgeist denen, welche dasselbe bewohnten, viel Geld und anderes Hab und Gut zutrug, so fühlten sich dieselben schließlich bei all ihrem Reichtum doch nicht glücklich und hatten darum den sehnlichen Wunsch, den Giemk endlich los zu werden. Aber das ging so leicht nicht; denn alle Mittel, welche sie auch anwandten, schlugen nicht an, und der böse Geist blieb nach wie vor der Mitbewohner des Hauses und war zu schlau, als daß er sich hätte fangen lassen.

Eines Tages nun spielten die beiden kleinen Knaben des Mannes, welcher das alte Haus besaß, in dem kleinen Gärtchen, welches vor demselben hart an der Milde lag, von wo ein schmaler Steg über dieselbe hinüberführte. Da wurden die beiden beim Spielen auf einmal gewahr, daß sich auf dem Stege etwas Lebendiges hin und her bewegte. Es trug die Gestalt eines kleinen Tieres, war feuerrot und hatte dazu auch feurige Augen, womit es die beiden erschrockenen Kinder unheimlich anstierte. Sobald der eine von den beiden Knaben das rote Wesen erblickt hatte, schrie er laut: „Dat is joa de Deubel!“ und lief schleunigst in das Haus seiner Eltern. Dem andern Knaben war es nicht möglich, zu laufen. Vor Schreck war er auf der Stelle, wo er stand, wie fest gebannt und als er dort so regungslos stand, war’s ihm, als ob ihm von unsichtbarer Hand ein Schleier vors Gesicht gezogen würde, so daß alles rings um ihn her war wie Nacht, und er auch nicht im geringsten sehen konnte. Nicht lange aber währte es, so wurde ihm der Schleier von den Augen wieder zurückgezogen. Der erste Blick, den der Knabe tat, war nach dem Stege hin, wo sich das rote Tier gezeigt hatte; aber dasselbe war dort nicht mehr zu sehen, sondern bereits verschwunden, und man hat seit dieser Zeit dem Giemk - denn der Giemk hatte sich in das rote Tier verwandelt gehabt - auch nie wieder dort gesehen.

Wie der Giemk zu Kalbe an der Milde geholfen hat

Noch eine andere Sage erzählte diese Frau vom Giemk in Kalbe: Es lebte hier vor Zeiten ein armer Mann mit einer zahlreichen Familie. Als in einem strengen Winter die Not im Hause besonders groß war, und das tägliche Brot für die hungrigen Kinder mangelte, sprach der Mann eines Abends zu seiner Frau „Ich wollte, der Giemk, der schon öfters den Leuten geholfen hat, käme auch zu uns und brächte uns Geld!“ Kaum hatte der Mann diese Worte ausgesprochen, da tat sich auch schon die Stubentür auf, und herein trat plötzlich, zum großen Schrecken des Mannes und seiner Frau, der dienstbereite Giemk und brachte ihnen einen Sack voll Geld. Darüber herrschte große Freude in der Familie, denn nun war ja alle Not auf einmal vergessen.

Als aber dann zur bestimmten Zeit das kleine Rotmännchen an den folgenden Abenden wiederkam und Schätze über Schätze in der ärmlichen Stube ablud und niederlegte, bekamen Mann und Frau schließlich doch große Angst, und es war ihnen leid, daß sie die Hilfe des Giemk angenommen hatten.

Um ihr Herz auszuschütten und Ruhe zu finden, gingen sie daher beide zum Herrn Oberprediger von Kalbe und erzählten demselben bis ins kleinste alles, wie es ihnen in den letzten Tagen mit dem Giemk gegangen sei. Der Oberprediger gab ihnen den Rat, sie sollten das Geld, was ihnen der Giemk gebracht hätte, in die Milde schütten; denn dasselbe sei Teufelsgeld und bringe keinen Segen. Er selbst wolle dafür sorgen, daß sie mit ihren Kindern nicht fernerhin Not zu leiden brauchten.

Der wohlmeinende geistliche Herr hielt Wort. Der Giemk aber ließ sich von der Zeit an in der Behausung der armen Leute nicht wieder sehen.

Die Tauffeier in Kalbe an der Milde

Um die Ruinen der alten Burg zu Kalbe an der Milde, jetzt schlechthin die Burg genannt, erstreckte sich noch 1879 ein an den Rändern mit Schilf zugewachsener, sehr breiter Graben, der zum Schutze der ganz in der Ebene liegenden Burg zu den Zeiten des Raubrittertums gedient hat und jetzt kaum noch halb so breit wie früher ist, so weit erstreckt sich schon seine Trockenlegung. Die Burg, früher ein Tummelplatz der Raubritter und wegen ihrer Festigkeit und guten Lage im Bruch und Moor von den Kaufleuten und Reisenden weithin gemieden, ist jetzt verfallen. Nur einzelne Mauern stehen noch und geben Zeugnis von der festen Bauart. Ein Haus, welches jetzt zur Wohnung dient, war früher ein Gefängnis. Noch um 1805 sah man auf dem einzigen Eingangswege die Stümpfe der Balken, die einst die Zugbrücke trugen, und um 1800 konnte man die bunten Glasscheiben in einzelnen noch bewohnbaren, aber verfallenen Gemächern finden, wie sich einzelne alte Leute des Ortes noch ganz wohl erinnerten.

Mit dem Verfall der Burg hatte es folgende Bewandtnis: Von denen von Alvensleben, die noch später auf dem Gute zu Kalbe an der Milde wohnten, hatte der letzte, der den Fall der Burg hervorrief, mit mehreren Rittern der Umgegend in Fehde gelegen. Es wurde ein Vergleich bei der Tauffeier eines der Alvenslebenschen Kinder verabredet. Die Ritter kamen und ritten auf dem engen Wege nach der Burg vor, passierten ganz friedlich die Zugbrücke - und im selben Augenblick ihre im Hinterhalt gelegenen Knappen und Reisigen hinterdrein, überwältigten die Burgmannschaft und ließen sie über die Klinge springen. Dem Herrn hieben sie die Hände ab, der Frau die Daumen. Das Kind, dessen Tauffeier die Veranlassung zu dem Anschlage bot, soll mit der Amme über den breiten Burggraben im Nachen entkommen, die goldene Wiege des Kindes in den Burggraben gefallen sein und noch jetzt des glücklichen Finders harren.

In der Kirche zu Kalbe, unterhalb des Orgelchores, sieht man den Burgherrn und die Burgfrau mit den abgehauenen Gliedern beinahe in Lebensgröße in Stein ausgehauen, die abgehauenen Finger liegen lose im Helm, der vor dem Burgherrn steht.

Seitdem ist die sagenumwobene Burg verfallen. Sie soll im Dreißigjährigen Kriege noch von den Franzosen als fester Punkt besetzt gewesen sein und bot später ihre alten Mauern zu Wohnungen der Gutstagelöhner und als Material zu Neubauten dar, wozu viele der alten Feldsteine verwendet wurden.

Die Burg hatte soviel Land innerhalb des Grabens und im Bereiche der Schießwaffen der Besatzung, daß diese ohne Proviant, bloß vom Ertrage dieser Ländereien, sich halten konnte.

Der Riese vom Dolchauer Berg

Im Herzen der Altmark liegt als größte Erhebung weit und breit der Dolchauer Berg, auf dem bis in die neueste Zeit jeden zweiten Ostertag das Osterfeuer brannte und von dem aus man weitere 25 Feuer in der Altmark sehen konnte. An klaren Tagen waren vom Dolchauer Berg viele altmärkische Städte zu erblicken und bei besonders guter Sicht sogar die Domtürme von Havelberg und Magdeburg sowie der Brocken.

Auf dem Dolchauer Berg soll der Sage nach ein gewaltiger Hüne gehaust haben. Dieser Riese entbrannte in leidenschaftlicher Liebe zu der schönen Tochter des Grafen von Dannenberg. Seine Liebe wurde aber nicht erwidert und zu seinem Ärger wurden seine Bewerbungen abgewiesen. Kurz entschlossen sprang der Riese, als die junge Gräfin nicht weit von der väterlichen Burg lustwandelte, aus dem Dickicht hervor, schleppte die Widerstrebende auf das bereitstehende Roß und jagte mit seiner Beute eiligst in Richtung auf den Dolchauer Berg davon.

Der Vater der Gräfin, der den Verlust bald bemerkte, setzte mit seinen Knappen dem Riesen nach. Endlich erblickten sie den Räuber mit seiner Beute. Dieser trieb zwar seinem Pferde die Sporen in die Weichen, aber es half ihm nichts, die Last war zu schwer, und die Verfolger kamen immer näher. Da ließ er die Geliebte los und sprengte mit furchtbaren Flüchen davon. Freudig empfingen die Eltern ihr geliebtes Kind wieder. Aber sie mußten die Rache des Riesen fürchten, dessen heiße Liebe sich nunmehr in grimmigen Haß gewandelt hatte. Deshalb brachten sie ihre Tochter in das Kloster Arendsee und vertrauten sie der Domina an.

Nach langen Nachforschungen erkundete der Riese dieses Versteck, und weil eine Entführung aussichtslos erschien, nahm er sich aus Rache vor, das Kloster vom Dolchauer Berge aus mit den großen Steinen, die dort umherlagen, zu bewerfen, und die schöne Gräfin unter den Trümmern des Klosters zu begraben. Er wählte unter den Steinen einen besonders großen aus, legte eine Eisenkette darum und schleuderte ihn mit seiner Riesenkraft hoch durch die Luft in Richtung Arendsee, so daß die Baumwipfel sich unter dem Luftdruck bogen. Die Strecke war aber doch zu weit, und in halber Entfernung fiel der Stein auf der Kerkauer Heide, nicht weit von dem wüsten Dorf Buchow, nieder, wo er noch Mitte des 19. Jahrhunderts lag, bis er für Bauzwecke gesprengt wurde.

Ein Taschenspieler rächt sich

Taschenspieler können bekanntlich den Leuten die Augen verblenden, und so war auch einmal einer in Rohrberg im Kreis Salzwedel, der sagte vor aller Welt, sie sollten ja recht aufpassen, denn er werde jetzt unter einem gefällten Eichbaume, der hart an der Erde lag, fortkriechen - was allen um so unmöglicher schien, da nirgends eine Stelle, wo er hohl lag, zu entdecken war -. Aber der Taschenspieler tat's dennoch zum Erstaunen aller Leute und wiederholte es sogar mehrmals. Als er nun eben noch zum letzten Male seine Kunst zeigen wollte, kommt gerade ein Mädchen aus Rohrberg dahergegangen. Die ist auf der Wiese gewesen und hat frisches Futter für das Vieh geholt. Sie stellt sich nun auch hin und sieht zu; und da sich in dem Futter, das sie in der Kiepe trug, auch ein vierblättriges Kleeblatt befand, sieht sie augenblicklich, daß alles Verblendung war und daß der Taschenspieler statt unter dem Baume über denselben fortkroch, und das sagte sie sogleich allen Leuten. Da rief der Taschenspieler ärgerlich, das wolle er ihr gedenken, und das hat er auch getan. Denn acht Tage darauf kommt das Mädchen aus dem Garten, wie eben recht viele Leute da vorübergehen. Sie geht, da das Wasser nur klein ist, durch den Bach, und um die Röcke nicht naß zu machen, hebt sie dieselben ein wenig auf. Aber ein schallendes Gelächter empfängt sie von allen Seiten: Der Taschenspieler hatte den Leuten wieder die Augen verblendet, daß sie zu sehen meinten, sie habe die Röcke noch höher als bis ans Knie aufgehoben, was damals eine große Sünde war.

Die Räuber in der Schulenburg

Bei Stappenbeck im Kreis Salzwedel liegt dicht an dem kleinen Flüßchen Jeetze ein Berg, der heißt die „alte Schulenburg“. In dem sollen vor alter Zeit die Schulenburgs mit noch anderen ihrer Genossen eine Höhle gehabt haben, von wo aus sie die Reisenden von Salzwedel nach Gardelegen und Magdeburg überfielen, und noch jetzt sollen Spuren dieser „Rööwerkuhle“, wie das Landvolk diese Höhle nennt, vorhanden sein. Wie aber die Räuber dort ausgekundschaftet und zum größten Teil ausgerottet wurden, erzählt man folgendermaßen:

Die Räuber hatten nämlich einmal ein Mädchen geraubt, das ihnen in der Höhle die Wirtschaft führen mußte; und damit sie ihnen nicht entliefe, hatten sie dieselbe mit einem Strick an einen Blinden gebunden, der ihr nun auf allen Wegen folgte. So ging sie denn auch einmal hinab zur Jeetze, um Wasser zu holen, und der Blinde mit ihr. Zuvor hatte sie sich aber ein Messer zu verschaffen gewußt; und als sie den Eimer gefüllt hat, schneidet sie den Strick entzwei, bindet den Eimer an und heißt nun den Blinden umkehren. Der merkt auch nichts, indem er, den schweren Eimer nachschleppend, meint, das Mädchen folge ihm. Die aber macht sich eilends auf und davon.

Als nun der Blinde zur Höhle kommt und die Räuber der Flucht des Mädchens inne werden, setzen sie sich auf ihre Pferde, und einer derselben holt sie ein, als sie eben über den Stappenbeckschen Schlagbaum fortgeht. Da haut er noch mit seinem Säbel nach ihr und schlägt ihr den ganzen Haarknust ab, kann sie aber, da der Baum herabgelassen war, nun nicht weiter verfolgen.

Da ist denn das Mädchen hingegangen, hat alles angegeben, und da hat man denn die Räuber in seine Gewalt bekommen und die Höhle zerstört.

Kohlen für die Pfeife

In der Altmark erzählt man in verschiedenen Orten von vergrabenen oder versunkenen Schätzen. Die Orte, wo sich diese befinden, sind oft Ruinen von Schlössern oder Burgen, wüste Dorfstätten, Hünengräber oder Gewässer. Die Schätze wollen gehoben sein und zeigen sich den Menschen in gewissen Zeitabständen dadurch an, daß sie an die Oberfläche kommen und brennen. Gewöhnlich ist es ein kleines blaues Flämmchen, welches die Stelle mit den verborgenen Schätzen bezeichnet. Wenn diese aus der Tiefe kommen, so nehmen sie die Gestalt von feurigen Kohlen an.

In der Nähe von Ladekath im Kreis Salzwedel sieht man an einer gewissen Stelle oft ein Feuer brennen. Da liegt ein Schatz begraben, und wer's nur versteht, kann ihn heben. Allein nicht jeder weiß das.

So kam einmal einer die Straße gezogen, und da es in der Nacht war, sah er auch das Feuer glimmen. Nun hatte er aber seine Pfeife vorgenommen und wollte gemütlich rauchen. Doch in dem festen Glauben, es seien gewöhnliche Kohlen, nimmt er eine derselben, um die Pfeife damit anzustecken. Allein es brennt nicht, und die Kohle verlischt. Da wirft er sie fort und nimmt eine zweite. Doch geht's ihm mit der ebenso, desgleichen mit einer dritten und mehreren. Endlich riß ihm die Geduld, und er begann zu fluchen. Da ward ihm der Stock aus der Hand geschlagen, obgleich niemand zu sehen war; und soviel er auch suchte, er konnte ihn nicht wiederfinden.

Weil er ihn nur ungern verlor, ging er des anderen Morgens an dieselbe Stelle und fand ihn auch glücklich wieder. Wie er sich nun bückte, ihn aufzuheben, sieht er etwas im Grase blinken, und als er es aufhebt, ist's ein Goldstück. Daneben lagen links und rechts noch einige. Das waren die Kohlen, die er in der Nacht fortgeworfen hatte...

Der Mittelpunkt der Welt ist Poppau

Im Dorfe Poppau, nahe bei Beetzendorf, liegt ein Stein, von welchem allgemein gesagt wird, daß dort der Mittelpunkt der Welt sei. Die Kette, womit dereinst die Welt ausgemessen worden ist, liegt schon seit langen Jahren in einem kleinen Teich am Ausgang des Dorfes nach Grieben zu unter einem großen Stein, der wunderbar kantig und spitzig gestaltet ist und über das Wasser hervorragt.

Vor einigen Jahren wollte man nahe am Teich ein Haus bauen und dämmte ihn daher an der einen Seite zu, da hat denn einer der Bauern ein Stück der Kette gefunden, das war von Eisen und hatte Ringe etwa so groß wie die einer Halfterkette.

In der Nähe des Ortes liegt auch ein Stein, wenn der den Hahn krähen hört, dreht er sich dreimal um.

Übrigens sei hier gleichzeitig noch erwähnt, daß auch die Leute des Dorfes Baben im Kreise Stendal früher des Glaubens waren, daß bei ihnen ganz bestimmt der Mittelpunkt der Welt zu suchen sei. Wie sich einst sieben Städte Griechenlands um die Ehre stritten, die Heimat des großen Dichters Homer zu sein, so stritten sich also in der Altmark zwei Dörfer um die Ehre, mitten in der Welt zu liegen. Ein Schiedsgericht zur Entscheidung dieser schwierigen Frage einzusetzen, wird wohl in unserer Zeit nicht mehr nötig sein.

Der Teufel als Tänzer zu Siedenlangenbeck

Zu Siedenlangenbeck im Salzwedelschen gingen vor mehr als 100 Jahren die Leute an einem Sonntage vor der Ernte zum heiligen Abendmahl. Die Dienstmädchen waren die Letzten, welche den Leib des Herrn empfingen. Als dieselben eine Zeit lang hinter dem Altar warten mußten, flüsterte die eine den beiden andern zu: „Wißt ihr schon, daß heute im Dorfe getanzt wird?“

„Ja,“ sagte die zweite, „und es ist jammerschade, daß wir drei nicht mittanzen können.“ Da erwiderte die dritte: „Ich gehe doch hin und tanze und sollt' ich auch mit dem Teufel tanzen.“

Das waren die Gespräche, welche die gottlosen Mädchen führten, ehe ihnen der Kelch vom Pastor gereicht wurde.

Als nun des Nachmittags die Musikanten auf der Straße bliesen, lief die dritte zu ihren beiden Freundinnen und redete ihnen zu, mit ihr zusammen auf den Tanzboden zu gehen. Anfänglich weigerten sich die beiden anderen zwar, endlich ließen sie sich aber doch beschwatzen und gingen mit, um dem Tanzen doch wenigstens zuzusehen.

Als die drei sich schon eine Zeit lang auf dem Tanzboden verweilt hatten, erschien da plötzlich ein kleiner schwarzer Kerl, warf den Musikanten ein großes Geldstück zu und forderte die drei Mädchen zum Tanze auf. Die beiden ersten wollten nicht, die dritte aber war sogleich bereit und trat mit an. Anfangs ging der Tanz ganz in Ordnung, wurde aber immer wilder, und die Musik spielte immer schneller, so daß die anderen Paare im Kreise nicht mehr mitkommen konnten. Der kleine schwarze Kerl tanzte schließlich mit seiner Tänzerin nur noch ganz allein, wurde auch gar nicht müde, sondern sprang und schlug mit den Füßen hinten aus, während das Mädchen von Schweiß triefte und mit jedem Augenblicke umzusinken drohte. Da riefen mehrere von den Tänzern den Musikanten zu, sie sollten aufhören, allein sie bliesen und geigten immerzu. Die Musik wurde schließlich so toll, daß es allen Anwesenden, welche dem tanzenden Paare zusahen, ganz schaurig und unheimlich zu Mute wurde. Man merkte wohl, daß es hier nicht mit rechten Dingen zuging, und als die beiden anderen Mädchen erzählten, was die Tänzerin hinter dem Altar gesprochen habe, waren sie alle ganz entsetzt.

Endlich ging ein alter Mann zu den Musikanten und schrie ihnen in's Ohr, sie sollte auf der Stelle einen Choral spielen. Kaum hatte der Teufel, denn der war es, denselben vernommen, so packte er seine Tänzerin in's Genick und warf sie mit solcher Gewalt gegen die Wand, daß sie bald ihr junges Leben aushauchte. Der Teufel aber war plötzlich verschwunden; nur ein furchtbarer Gestank wie von Schwefel erfüllte noch lange nachher die Luft auf dem Tanzboden.

Die betenden Straßenräuber

Vor vielen Jahren lebte in einem Dorfe unweit Stendal ein Prediger, der sehr geizig war. Der war eines Tages in Stendal gewesen und hatte dort viel Geld eingenommen, was drei Soldaten gesehen hatten. Als der Prediger daher mit seinem Gelde die Stadt verließ und seinem Dorfe zuging, folgten ihm die drei Soldaten, welche lose Galgenvögel waren, und trachteten ihm sein Geld abzunehmen. Offene Gewalt wollten sie nicht gern gebrauchen; deshalb wandten sie folgende List an:

Als der Pfarrer mitten im Felde war, traten sie zu ihm und sprachen ihn demütig um eine Reiterzehrung an. - Ihnen erwiderte der Geistliche mit heuchlerischen Worten, daß er kein Geld bei sich habe und es ihm daher sehr leid tue, daß er ihnen nichts geben könne. - Da sprach einer der Galgenvögel ebenso heuchlerisch: „So lasset uns, lieber Herr, miteinander beten, daß uns Gott etwas bescheren wolle; und was er uns dann zuwenden wird, das wollen wir ehrlich miteinander teilen."

Dieser Vorschlag gefiel natürlich seinen Gesellen, und der Prediger konnte sich ihm nicht widersetzen.

Was geschah? Sie knieten alle vier nieder und beteten lange miteinander. Dann standen sie auf, und die drei Soldaten fragten einer den andern, ob ihnen Gott etwas beschert habe. Als nun die Soldaten alle drei nein gesagt hatten, wandten sie sich an den Pfarrherrn und sprachen, dann müsse er doch sicher etwas bekommen haben. - Der erschrockene Prediger schwor, er sei noch so arm als vorher. Allein das half ihm alles nichts. Die Räuber meinten, er selbst kenne sein Glück noch nicht, und wendeten ihm die Taschen um und suchten seinen Kober (Korb) durch. Da fanden sie denn viele Taler. Die nahmen sie heraus und teilten sie ehrlich in vier Teile, gaben dem Prediger davon einen und nahmen ein jeglicher auch einen und gingen also ihre Straße fröhlich zurück.

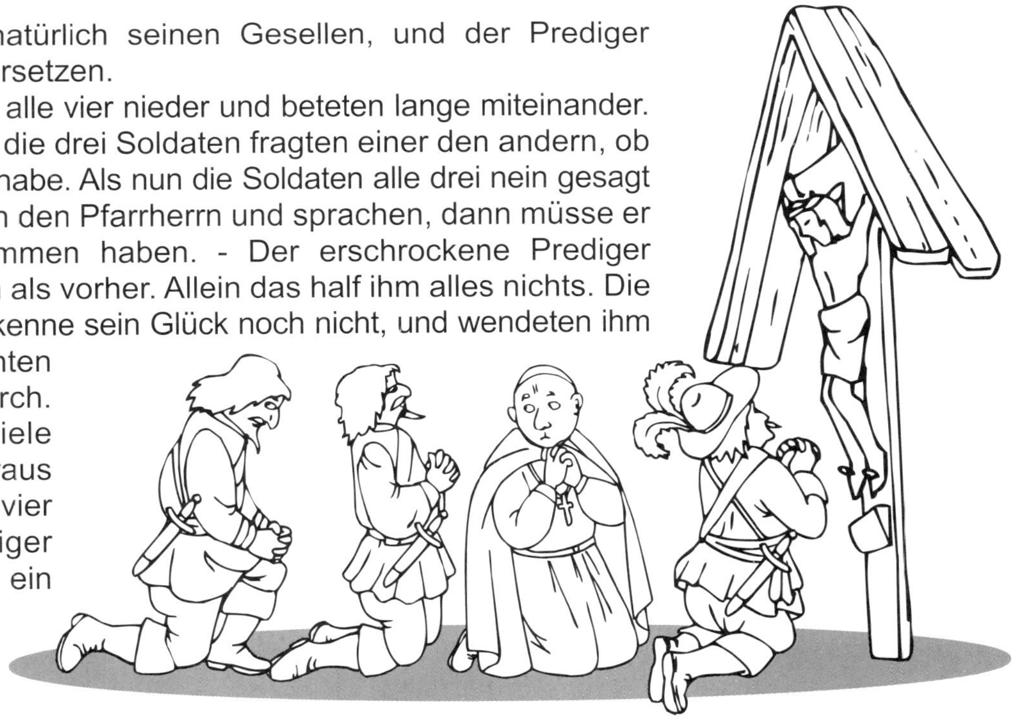

Die Stiftung des Doms zu Stendal

Der Dom zu Stendal gehört zu den schönsten alten Kirchen in der Mark Brandenburg, die reich an herrlichen Baudenkmälern der Vergangenheit ist. Er soll gestiftet sein von dem Grafen Heinrich von Gardelegen oder, wie andere wollen, von dem Grafen Heinrich von Osterburg.

Der Stifter, sei es nun einer von diesen beiden Grafen, welcher es wolle, war von seiner frühen Jugend an ein gar arger Sünder gewesen, weshalb ihn zuletzt der Erzbischof von Magdeburg in den Bann getan hatte. Über solches spottete der Graf aber, und er ging sogar in seinem gottlosen Frevelmute so weit, daß er höhnend sagte, er wolle doch einmal sehen, ob es wahr sei, was die Leute sagten, daß selbst die Hunde nichts annähmen von einem, der in Bann sich befinde.

Er ließ also seine Hunde alle zusammenkommen und warf ihnen Brot vor. Allein keiner von den Hunden wollte auch nur ein einziges Stücklein aufnehmen.

Da ging der Graf in sich. Er erkannte seine vielen und großen Sünden und stiftete, um sie zu büßen, den Dom zu Stendal.

Dies war im Jahre 1188. Darauf tat ihn der Erzbischof aus dem Bann.

Der Mönch in den Schallöchern der Domtürme zu Stendal

Der Kurfürst Joachim I., welcher sich gern in Stendal aufhielt und daselbst auch starb, war bekanntlich ein Gegner der Reformation. Erst unter seinem Sohn Joachim II. drang das Licht des Evangeliums auch in den brandenburgischen Landen besonders mit Hilfe seines berühmten Bischofs Matthias von Jagow siegreich durch. Kam Joachim I. nach Stendal, so stieg er in der Domherrnkurie ab. Hinter derselben befand sich ein großer Garten und in demselben eine kleine Kapelle. Das Hochamt mußte hier ein Pater aus dem Franziskanerkloster am Mönchskirchhof halten und vor einem Pulte stehend predigen.

Wollte der Kurfürst allein beten, dann mußte der Pater auf den Turm steigen und darauf achten, ob auch alle Christen auf der Straße stillständen und sich bekreuzigten, wenn die Betglocke anschlug. Dies tat der Mönch gern, und wenn er mit seinen scharfen Augen jemanden erblickte, den er kannte und der nicht nach katholischer Weise betete, so verriet er diesen dem Kurfürsten, und dieser bestrafte denselben dann hart als Ketzer. Hierdurch wurde, wie sich denken läßt, der Franziskanermönch bei dem Volke, welches lieber die evangelische Predigt des Lorenz Kuchenbäcker hörte, sehr verhaßt, und alle, welche er verraten hatte, wünschten ihm, daß er nach seinem Tode keine Ruhe finden möge.

Wie das Volk erzählt, ist dieser Wunsch auch in Erfüllung gegangen; denn man will den Pater noch jetzt, so oft die Betglocke vom Domturm herab ertönt, aus den Schallöchern herauslugen sehen.

Das Volk erzählt auch, daß es in der Sakristei des Domes spukt. Um Mitternacht soll zuweilen an den Fenstern derselben ein Knochengerippe in Priesterrock und Halskrause hinauf- und auch hinabklettern. Wessen Predigers unruhiger Geist dies ist, weiß man nicht.

Die Rolandssäule von Stendal

In den Städten und selbst in einigen Flecken der Mark Brandenburg trifft man häufig große steinerne Säulen eines geharnischten Mannes an. Sie stehen in der Mitte des Orts, in den Städten auf dem Markte in der Nähe des Rathauses. Sie heißen Rolandsäulen. Die gemeine Meinung des Volkes ist, daß sie den Ritter Roland, den großen Vetter des großen Kaisers Karl, vorstellen, der ein Schirmer und Beschützer der Gerechtigkeit gewesen sei. Die Gelehrten nehmen an, daß das Wort eigentlich Rugelandssäulen, Ruege, Gerichtsstand bedeutend, heißen solle. So viel ist ausgemacht, daß sie das Recht der eigenen Gerichtsbarkeit eines Ortes anzeigen, und zwar über Leib und Leben, sonst aber nur die niedere Gerichtsbarkeit. In den meisten Orten der Mark sind die Rolandsäulen zertrümmert oder verstümmelt, und an manchen Orten hat man sie alsdann sogar begraben, wie namentlich in Prenzlau und in Gardelegen. An anderen Orten dagegen hat man sie gut erhalten; dies ist der Fall in Brandenburg, Burg und Stendal. In der letzteren Stadt steht der Roland vor dem Rathause, so daß er den ganzen Markt übersieht. Er ist ungeheuer groß und auch verhältnismäßig stark; seine Waden sind so dick, wie der Leib des stärksten Mannes in der Stadt.

Er hat einen roten Federbusch auf dem Helm und trägt ein Schwert in der Hand, das zwölf Ellen lang ist und einen vergoldeten Knopf und Bügel hat. Das Schwert hält er drohend gezückt, so wie er überhaupt ein sehr ernstes, beinahe griesgrämiges Gesicht hat. Die linke Hand hat er auf dem märkischen Adler ruhen; hinter ihm befindet sich das Stendaler Stadtwappen; und an dem Unterteile seines Rückens sieht man ein lachendes Narrenbild, oder wie die Leute sagen, den Eulenspiegel. Zu der Zeit, als der alte Dessauer, damals aber noch ein junger Offizier und ein übermütiger Prinz, zu Stendal in Garnison lag, soll derselbe öfters sich das Vergnügen gemacht haben, aus einem gegenüberliegenden Weinhause, wo oft er zu zechen pflegte, nach dem ernsten alten Ritter, wie nach einer Scheibe, zu schießen, und es ist gewiß, daß dem Roland sein Kinn lange Zeit gefehlt hat. Im Jahre 1837 aber hat ein Verein, der sich in Stendal zur Verschönerung der Stadt und ihrer Umgebung bildete, das Kinn geschickt wieder herstellen, auch sonstige Gebrechen, welche der Lauf der Zeiten an der Säule hervorgebracht, ausbessern, so wie ihm ein neues Schwert geben lassen, da das alte, von Holz, ganz von der Luft und vom Wetter zerstört war. Der alte ritterliche Vetter des großen Kaisers sieht jetzt wieder ganz frisch und fast wie neugeboren aus.

Von diesem Roland gehen manche artige Sagen im Munde des Volkes. Einst kam des Abends spät ein Bürger der Stadt Stendal aus einem Weinhause zurück, und wollte sich in seine Wohnung verfügen. Sein Weg führte ihn über den Markt. Er hatte des Guten ziemlich viel getan, so daß er zwar nicht betrunken war, aber doch, wie man zu sagen pflegt, einen Spitz hatte. Er war deshalb auch in einer recht fröhlichen Laune, und als er beim Roland angekommen war, stach ihn auf einmal der Übermut. Er stellte sich vor ihn hin und höhnte ihn und sprach: „He, du alter, trockner Mann da! Du steinerner Narr! Du tränkest auch wohl gern ein Gläschen Wein auf deinem kalten hohen Gerüste!“ Also sprach er viel, und dabei machte er Bocksprünge und schnitt dem Roland Gesichter zu, in seiner Weinlaune bei sich denkend: Der Alte ist ja von Stein, der sieht das nicht; und wenn er auch überhaupt sehen könnte, so ist es doch jetzt stockdunkle Nacht.

Der alte Roland hatte die Narrheiten lange mit seinem ernsten, strengen Gesichte angesehen. Aber auf einmal drehte der steinerne Riese sich auf seinem Gerüste rund herum, dem Narren den Rücken zu, als wenn er die Torheiten nun nicht mehr ansehen könne. Da wurde der arme Bürgersmann vor Schreck urplötzlich nüchtern, und es überkam ihn eine solche Angst, daß er nicht von der Stelle weichen konnte. Er rief laut um Hilfe:
„He dheit mi wat! he dheit mi wat!“ (Er tut mir was! er tut mir was!), und man mußte ihn fast krank nach Hause tragen.
Der Roland stand am anderen Morgen wieder wie früher. Sein großes steinernes Gesicht überschaute wieder den Marktplatz, als wenn nichts passiert wäre.
Der Mann aber betrank sich in seinem Leben nicht mehr, und es besteht in Stendal ein Sprichwort, womit man den Übermut des Trunkes warnt:

„He dheit mi wat,
he dheit mi wat!
Is doch,
as hätt' ich
dat Drinken satt!“

Der verschwundene Tambour

Der Dom zu Stendal hat zwei hohe, schöne Türme. Aber nur in einem derselben hängen Glocken. In dem andern ist nichts; darum heißt er auch der „Wüste Turm“. Ebenso hat die Marienkirche zu Stendal zwei Türme, von denen der eine gleichfalls, weil keine Glocken in ihm hängen, der „Wüste Turm“ genannt wird. Von jedem dieser beiden wüsten Türme geht tief in die Erde hinein ein unterirdischer Gang. Der Sage nach soll es nur ein und derselbe Gang sein, der unter dem Domhof, der Hallstraße und dem Mark hergeht und so beide Türme miteinander in Verbindung setzt. Unter der Hallstraße hallt es auch wirklich dumpf, als wenn es hohl darunter wäre. Daher soll sie auch ihren Namen haben.

Vor vielen Jahren wollte man näher untersuchen, ob

der Gang wirklich von dem einen Turme zu dem andern führe. Man hatte damals einen armen Sünder sitzen, der zum Tode verurteilt war. Diesem, einem Tambour seines Zeichens, ließ man die Wahl, ob er den Gang untersuchen oder gehangen sein wollte. Er wählte gern das erste. Man ließ ihn von dem „Wüsten Turme“ des Domes aus in den Gang hineinsteigen und befahl ihm zu trommeln, damit man, wenn er auch nicht wiederkomme, oben auf der Erde immer hören könne, wie weit er gekommen sei. Der Tambour trommelte munter und lustig unter dem ganzen Domhofe weg bis mitten unter die Hallstraße. Da verstummte aber auf einmal die Trommel, und man hat von dem Tambour nie wieder etwas gesehen oder gehört...

Der Katzenstein zu Stendal

Neben dem Kloster der heiligen Katharina befindet sich der sogenannte Katzensteig, welcher Schadewachten mit Hallstraße verbindet. Früher wurde dieser schmale Steig der Geiststeig genannt, und noch heute, sagt man, ist es dort zur Mitternachtsstunde nicht recht geheuer. Bald sieht man nämlich dort einen Nonnenzug mit der heiligen Katharina an der Spitze, bald kommt vom Dom her eine Schar von Mönchen mit großen Büchern in der Hand dahergezogen, bald auch lassen sich auf demselben die beiden Herren von Schadewachten schauen. Auch spukt dort ein gespenstiger großer Kater, welcher von den Büschen der dort befindlichen Gärten nach einem auf der Erde liegenden blanken Geldstück mit seinen feurigen Augen zu schielen scheint. Wagt jemand dieses Geldstück anzuheben, so springt er demselben auf den Rücken und fängt an zu kratzen.

Jener Kater soll einst ein reicher Mann gewesen sein, der all sein Hab und Gut mit liederlichen Dirnen durchgebracht hatte. Zur Strafe dafür kann nun seine Seele keine Ruhe finden, und er muß nun umgehen mit liederlichen Dirnen, welche auch in Katzen verwandelt sind.

Noch heute wird von furchtsamen Stendalern der Katzensteig zur Abend- und Nachtzeit aus Furcht vor den Katzengespenstern gemieden.

Ein Meineid um den Acker

In Hämerten bei Stendal ist an der Nordseite der Kirche ein Meineidiger eingemauert. Der ist in einem Streit zwischen denen von Hämerten und denen von Carlbau hingetreten und hat Erde vom Carlbauer Acker in seinen Stiefel getan und dann geschworen, er steh auf Carlbauer Acker. Und da haben denn die von Hämerten das Land, um welches sich der Streit erhoben hatte, an die von Carlbau abtreten müssen.

Nachher aber ist er einmal in späterer Zeit, man weiß nicht weshalb, nach Hämerten gekommen, hat alles gestanden und ihnen wieder zu ihrem Acker verholfen. Dafür haben sie ihn denn bis zu seinem Ende ernähren müssen. Aber als er starb, mochten sie ihn doch nicht mit anderen ehrlichen Leuten auf einem und demselben Kirchhofe begraben und haben den Meineidigen deshalb in der Kirchenmauer eingemauert.

Der Betrug um die Leichengebühren

Zu Stendal in der Altmark lebte vor vielen Jahren eine adelige Witwe, die mit ihrer einzigen Tochter vom Lande her dahin gezogen war. Diese Tochter war sehr geizig, was ihr aber zuletzt übel bekam. Denn als die Witwe nach etlichen Jahren zu Tode gekommen war, und ihrer Anordnung gemäß ihre Leiche aus der Stadt geführt und in ihrem Dorfe begraben werden sollte, und nun die Kirchenväter der Domgemeinde, bei welcher die Verstorbene ihre Seelenweide gehabt hatte, den üblichen Abtrag für das Abführen der Leiche forderten, da führte die Tochter sie mit einer frechen Lüge zurück, und ließ die Leiche heimlich zur Stadt hinausführen. Dafür traf sie aber ein harter Fluch, denn von Stund an gingen ihre Sachen zurück, und in wenigen Jahren war sie um alle ihre Erbschaft so gar herum, daß sie weder zu essen noch sich zu bekleiden mehr hatte, und ihr Mann in den Krieg ziehen, ihre Kinder aber zu guttätigen Leuten ausgetan werden mußten.
In solcher Armut starb sie dahin.

Der Offizier und der Bauer zu Bellingen

Zur Zeit des Dreißigjährigen Krieges wurde unter anderem auch das Dorf Bellingen wiederholt von den Schweden gebrandschatzt. Ein schwedischer Offizier verfolgte einmal einen Bauer, welcher das Versteck seiner letzten Habseligkeiten nicht verraten wollte, bis auf den Kirchhof. Er stach auf ihn darauf los, bis er halbtot niedersank. Als der Offizier noch immer nicht von seinem Opfer abließ, griff ihn sein Reitknecht an den Arm mit den Worten: „Laßt ab, er hat ja seinen Rest!“ - Die Unmenschen entfernten sich. Der Bauer aber kam wieder zu sich und genas von seinen furchtbaren Wunden. Er verzog von Bellingen nach Gohre.

Einst stand er auf seinem Hof, als derselbe schwedische Offizier an ihm vorbeiritt. Der Offizier glaubte ein Gespenst zu sehen und rief ihm zu: „Bist du nicht der, den ich in Bellingen erstochen habe?“ - „Ich bin's“, sprach der Bauer, zog seine Pistole aus seinem Kittel hervor und schoß den Reiter vom Pferd. Dem fliehenden Knecht aber rief er nach: „Weshalb fliehst du? Ich tu dir nichts, denn du hast mir ja das Leben gerettet.“

Die goldene Laus bei Bismark

Im September des Jahres 1898 besuchten die Mitglieder des Altmärkischen Geschichtsvereins zu ihrer Jahresversammlung in Bismark den in einem der dortigen schönen Gärten befindlichen Burgwall. Man nahm an, daß der Burgwall diejenige Stätte wäre, von der angenommen würde, daß in der einst dort befindlichen Burg die Urahnen des Fürsten Bismarck gesessen hätten. Die Volksage erzählt auch, daß unter diesem Burgwall eine goldenen Wiege vergraben sein soll.

Eine andere Geschichte erzählt von einer sagenhaften Laus bei Bismark: Außerhalb der Stadt Bismark ist eine wüste Kirche gelegen gewesen, neben welcher ein schöner Kirchhof sich befindet, so zum heiligen Kreuze, auch Maria Himmelskönigin genannt worden. Im Jahr 1350 ist zu derselben eine Wallfahrt entstanden, indem man daselbst ein Kreuz gehabt und vorgegeben, daß bei demselben viel Zeichen geschähen, wäre also häufig zugelaufen und geopfert worden, daß sich auch die Leute untereinander über dem Opfer erschlagen hätten, worüber auch die Wallfahrt wieder gefallen. Ein Weg geht noch auf den Kirchhof zu, welcher noch jetzt die heilige Straße genannt wird, vermutlich daher, weil unter dem Papsttum die Prozession oder Wallfahrt durch diesen Weg nach der Kirche zu angestellt worden. Zu dieser mußte früher selbst der Bischof von Halberstadt hierherkommen.

Es geschahen aber fortwährend in der Kirche viele Wunder. Das Merkwürdige in derselben war aber eine große Laus, welche oben auf dem Turm über dem Gewölbe der Kirche an einer goldenen Kette festgehalten wurde. Diese Laus verzehrte täglich ein Pfund Fleisch und ist so groß gewesen, daß man sie unten in der Kirche hat ganz deutlich sehen können, wenn sie, wie das an den Wallfahrtstagen geschehen, oben vom Gewölbe her gezeigt worden ist. Eine Abbildung dieser Laus hat man unten an der Turmmauer gesehen.

Die Kirche freilich ist jetzt längst zerstört, aber ihre Trümmer sieht man noch auf dem Feld unweit Bismark auf der Seite nach Stendal zu. Sie heißen jetzt die goldne Laus oder auch die verwünschte Laus.

Der dreibeinige Mops zu Klein Schwanzlosen

In Klein Schwarzlosen war einmal eine alte Frau; das war ein böses Weib, und niemand wollte mit ihr gern etwas zu tun haben. Sie selbst ließ sich auch nur selten im Dorfe sehen und blieb fast immer in ihrem Hause, dessen Fensterläden sie nur selten öffnete. Die Leute im Dorfe sollten nämlich nicht sehen, wie sie all das Geld zählte, das ihr der Teufel zutrug, mit dem sie im Bunde stand. Schon längst hatten dieselben gemunkelt, es ginge nicht mit rechten Dingen zu, daß die alte Frau so viel Geld habe. Als nun einst der Nachtwächter um Mitternacht gesehen hatte, wie ein dreibeiniger Mops zur kleinen Tür des Hauses der alten Frau hineinhumpelte, da hieß es von der Zeit allgemein, daß dies Tier ihr alles Geld zubringe. Dieser dreibeinige Mops war aber der Teufel, und das alte böse Weib fütterte das böse Tier ganz oben auf einem entlegenen Dachkämmerchen täglich mit Milch und Semmeln. Das Geld brachte aber der Frau kein Glück und auch keinen Segen. Schließlich nahm sie doch ein klägliches Ende. Denn der Teufel zwang sie eines Tages dazu, daß sie den Strick nahm und sich am Fensterhaken aufhängte. Als man schon lange Zeit die alte Frau gar nicht mehr gesehen hatte, drang man in ihr Haus und fand, daß sie schon lange tot war. Fortan hieß es im Dorf, daß der Böse das unheimliche Weib geholt habe.

Frau Holle oder Frau Harke

Frau Harke ist die Schutzgöttin der Altmark und des Havellandes. Sie entspricht der höchsten germanischen Göttin Freia (von ihr hat der Freitag seinen Namen). In anderen Gegenden der Altmark wurde sie Frau Holle genannt. Sie ist die Göttin der Ehe, des Fleißes und der Ordnung, welche dem Herde und Hause reichen Segen bringt. Nach ihr wird daher auch der Platz hinter dem Ofen noch jetzt in Klein Schwarzlosen „Höll“ (Hell) genannt.
Einen ganz besonderen Gefallen hat die Frau Holle an der häuslichen Beschäftigung des Spinnens. So kommt es, daß sie besonders in den „Zwölften“ durch die Fenster schaut, um nachzusehen, ob die Mädchen auch fleißig gesponnen haben.

Der Teufel und der Schreiber zu Klein-Schwechten

Auf dem Rittergute Klein Schwechten, anderthalb Meilen von Stendal, lebte vor ungefähr zweihundert Jahren ein Schreiber namens Heinrich Meier. Der hatte eines Tages eine Gotteslästerung ausgestoßen und war deshalb zur Untersuchung gezogen. - Wie nun der Prozeß gegen ihn im Gange war und er eine harte Strafe befürchtete, da erschien ihm eines Tages der Teufel, als Herr ganz schwarz gekleidet. Er erbot sich darauf dem Schreiber, ihn aus aller Verlegenheit zu ziehen und ihn von der Strafe zu befreien, wenn er Gott abschwören und sich ihm ergeben wolle. Der Schreiber aber wollte nichts mit ihm zu tun haben und widerstand allen Lokkungen des Satans. Als dieser jedoch gar nicht weichen wollte und immer von neuem wieder anfing, da hob er an, laut zu beten, worauf der Versucher verschwand. -
Als den Richtern solche Standhaftigkeit und Frömmigkeit des Schreibers bekannt wurde, da ließen sie ihn für diesmal mit einer geringen Geldstrafe los.

Der geigende Pfarrer

Unweit Tangermünde lagen 1839 die beiden Dörfer Ost- und Westheeren dicht beieinander. Beide hatten nur einen Pfarrer und auch nur eine Kirche, die mitten zwischen ihnen lag. Zu einer Zeit war der Pfarrer an dieser Kirche ein gar leichtsinniger Mann, der lieber auf dem Tanzboden als am Altare war. Eines Tages, am heiligen Pfingstfeste, als die Bauern aus beiden Dörfern zum Tanzen versammelt waren, nahm er sogar selbst die Geige in den Arm und spielte den Bauern zum Tanze auf. Für solchen Frevel traf ihn aber der Zorn des Himmels. Denn es entstand urplötzlich ein schweres Gewitter, und es kam ein langer, scharfer Blitz, der erschlug zwanzig Bauern und mit ihnen den Pfarrer, dem die Geige im Arme zerschmettert wurde. Dies geschah anno 1203.
Eine andere Sage berichtet diese Geschichte aus dem Dorfe Ossemer bei Stendal. Das Gewitter soll danach vierundzwanzig Bauern getötet, dem Pfarrer aber nur die rechte Hand, mit welcher er den Fidelbogen geführt hatte, abgeschlagen haben.

Die Jungfer Lorenz und der Hirsch

In der Nicolaikirche zu Tangermünde ist auf einem Hirschgeweih ein hölzernes Bild aufgerichtet, welches eine Jungfrau darstellt. Von diesem Bilde erzählt man folgende Geschichte: Die ganze Gegend zwischen der Stadt Tangermünde und den Dörfern Grobleben und Böhlsdorf war früher ein großer Wald und gehörte einer Jungfrau in Tangermünde namens Lorenz. Diese Jungfrau Lorenz ging eines Tages in ihrem Walde spazieren, verirrte sich aber in demselben so, daß sie drei Tage lang vergeblich einen Ausweg suchte. Sie glaubte sich schon verloren und fürchtete, nimmer wieder aus der Wildnis heraus und zu Menschen zu gelangen. Da erschien ihr auf einmal ein Hirsch mit einem mächtig großen Geweih. Der nahte sich der ermüdeten Jungfrau, hob sie mit seinem Geweih auf seinen Rücken und trug sie so ohne Schaden zum Walde heraus, bis sie die Türme von Tangermünde vor sich sah.
Aus Dankbarkeit für diese wunderbare Errettung schenkte sie einen großen Teil ihrer Grundstücke der Nicolaikirche zu Tangermünde und ließ auch in derselben ihr Bildnis von Holz und auf einem Hirschgeweih aufstellen. Sie verordnete zugleich, ihr Bildnis solle hier bleiben, so lange noch ein Stein der Kirche auf dem andern stehe. Hierüber wacht sie denn auch mit besonderer Sorgfalt.
Die Kirche wurde später als Lazarett benutzt; und es sind all die Bilder und Zierraten darin zerstört worden. Aber das Bild der Jungfrau Lorenz hatte kein Mensch von der Stelle zu rücken gewagt, und die Lazarettwächter hörten oft einen gewaltigen Lärm, der durch das ganze Gebäude zog, wenn es einer einmal gewagt hat, auch nur an die Zacken des Hirschgeweihs zu fassen, oder nur etwas daran aufzuhängen.
Den Zorn des Bildwerks haben anno 1806 auch die Franzosen zu spüren bekommen, als sie in Tangermünde einfielen. Sie mußten das Bild unangetastet lassen und nahmen ängstlich Reißaus, als um Mitternacht ein gewaltiges Getöse ihnen den Schlaf raubte.

Grete Minden

Noch heutigen Tages weiß in Tangermünde jedermann von dem furchtbaren Brande zu erzählen, der die schöne und reiche Stadt fast ganz zerstörte. Am Sonnabend nach Marien, am 13. September des Jahres 1617, brach an mehreren Stellen gleichzeitig das Feuer aus und verbreitete sich schnell von Straße zu Straße. Die Chronik berichtet: „Und wie wohl es an menschlicher Hilfe, die Flammen zu dämpfen, im Anfang nicht gemangelt, hat doch das Feuer in aller Eil erschrecklich um sich gefressen und fast alle Gassen der Stadt erfüllet, ja das Wasserthor oder den Rossfurt an der Kirchen gesperret, daß Jedermann verzagt geworden, dem Seinigen zugeeilet und sein und der Seinigen Leben zu erretten aus der Stadt gelaufen."
Aus Stendal und den Nachbardörfern kam man zu Hilfe, aber es gelang nur, die Häuser vom Markt bis an die Neustadt zu erhalten. Im folgenden Jahre wurde die Stadt allmählich wieder aufgebaut.
Bald geriet man aber wieder in Furcht, „indem diese Mordbrenner aufs Neue Brandzeichen legten, ja gar durch ihre Bundesgenossen in der Stadt, welche Bürger waren und sich als Auskundschafter solcher Buben vom Rath hatten bestellen lassen, - dieselben aber heimlich verwarneten, inzwischen viele Unkosten erforderten, - abermals bei der Büttelei Feuer einlegten, also daß etliche Häuser davon in Rauch aufgingen..."
Als Brandstifter ermittelte man Grete Minden, die mit zwei Helfershelfern als Täter bezichtigt wurde. Obwohl sie ihre Unschuld beteuerte, wurde sie zum Tode verurteilt und am 13. März 1619 auf grausame Weise hingerichtet.
Alljährlich wurden seit 1619 zur Erinnerung an die Schreckensnacht, in der die furchtbare Feuersbrunst begann, nachmittags von 4 bis 5 Uhr die Glocken in der Stadt Tangermünde geläutet. Erst am 10. September 1882 verkündete der Oberprediger Lampe während der Gedächtnispredigt, daß nach den neuesten zuverlässigen Ermittlungen Grete Minden an der furchtbaren Feuersbrunst vom 13. September 1619 unschuldig sei und schuldlos den Feuertod erlitten habe.

Margarete von Minden - Grete Minden - stammte aus einem märkischen Patriziergeschlecht. Hans von Minden, der Tangervogt, der Markgräfliche Oberaufseher über die Tanger, bewohnte eines der Freihäuser vor dem Schlosse Tangermünde. Vermutlich war Heinrich von Minden sein Sohn. Von dessen beiden Söhnen war Peter der Vater der Grete Minden. Peter von Minden erschlug im Streit den Krieger zu Bolstorf. Er verließ deshalb Haus und Hof und ging außer Landes unter die Soldaten. In der Fremde nahm er ein Weib und zeugte mit ihr eine Tochter und starb fern der Heimat. Der andere Sohn, Heinrich, der auch Mitglied des Tangermünder Rates war, hatte sich in den Besitz des väterlichen Erbes gebracht. Bald nach dem Tode des Peter von Minden kam seine Frau mit dem Kinde im Korb und forderte für letzteres das Erbteil aus dem Nachlaß des inzwischen verstorbenen Heinrich von Minden. Doch Heinrich, der Bruder ihres verstorbenen Mannes, widersprach ihr und bestritt, daß sie seines Bruder „ehelich Gemahl" sei und verlangte den Trauschein. Sie stellte Klage beim Rat an. Dieser brachte einen Vergleich zu Stande, den Heinrich von Minden aber nicht einhielt.

So erzählte man, Grete Minden hätte später vorgegeben, ihr sei Unrecht geschehen, und weil der Rat ihr nicht Recht sprechen wolle, müsse sie sich durch Brandstiftung rächen. Sie soll dann in Brandenburg beim Bier fünf oder sechs Gesellen zusammengebracht haben, die sich mit ihr verschworen haben, Tangermünde anzustecken.

Tonnies Meilahn, der Mann der Grete Minden, wird verhaftet und gesteht unter der Folter die Tat, bezichtigt seine Kumpane und auch seine Frau der Mittäterschaft, obwohl sich diese zu der Zeit des Brandes in Apenburg krank niedergelegen hatte. Grete Minden bringt dafür Zeugen, doch das Gericht glaubt ihrem Manne. „Der damalige Tangermünder Scharfrichter verstand die Leiter, die Folter, wirksam zu handhaben. Grete Minden mit gar gelinder Pein belegt, bekannte am 8. und 9. März 1619 Artikel für Artikel, alles was verlangt wurde, in völliger Übereinstimmung mit ihrem Manne." Schon am 13. März sprachen die Schöppen von Brandenburg auf den Bericht des Tangermünder Rats das Todesurteil gegen Grete Minden...

Der Schatzgräber zu Holzhausen

Einen silbernen Sarg fand einst ein alter Schäfer, Namens Krone, zu Holzhausen unter einem in der Nähe dieses Dorfes befindlichen Hünenbette. Als er denselben öffnete, rief ihm der darinliegende Hüne, dessen lange Grabesruhe er gestört hatte, zu: „Loat mäi liggen, loat mäi liggen!“ Der ruchlose Schäfer hörte aber nicht auf diese Bitte, sondern schüttete die riesigen Knochen aus, schlug den Sarg zu einen großen Silberklumpen zusammen und verkaufte ihn für schweres Geld heimlich nach Hamburg.

Der Schäfer war nun freilich schnell zu einem reichen Mann geworden; aber er nahm schließlich doch ein schreckliches Ende. An derselben Stelle nämlich, wo er die Knochen aus dem Silbersarge ausgeschüttet hatte, hat ihm später der Teufel den Hals umgedreht...

Das Büchelchen bei Tangermünde

Das Dorf Buch in der Altmark, unweit Tangermünde gelegen, war früher ein ansehnlicher Flecken, der in alten Urkunden sogar eine Stadt genannt wird und auch seinen eigenen Roland besaß, zum Zeichen, daß ihm die hohe Gerichtsbarkeit verliehen war.

Der Große Kurfürst Friedrich Wilhelm hatte einstmals einen vornehmen Hofbedienten; dieser sprach von dem Orte mit einiger Verkleinerung und bat dabei um dessen Schenkung, ungefähr mit den Worten: Es hätten Seine Kurfürstliche Durchlaucht ein Büchelchen unfern Tangermünde; und möchten Sie ihm solches schenken; es sollte zu Ihrem alleruntertänigsten Andenken von ihm jederzeit wert gehalten werden. - Dem antwortete aber der Kurfürst: Er könne dieses Büchlein aus seiner Bibliothek nicht missen, sondern gebrauche es noch selbsten; man möge sich daher eine andere Gnade suchen.

Der Werwolf

In mehreren Orten der Mark erzählt man von einem Hirten, der die Kunst verstand, sich durch einen Zaubergürtel in einen Werwolf zu verwandeln. Er raubte dann Vieh von den Weideplätzen, und lange Zeit hat niemand gewußt, wer den Schaden stiftete. Zuletzt ist es aber doch herausgekommen.

Eines Nachts lagen mehrere Hirten in den Koppeln, ihre Pferde zu hüten, und wachten abwechselnd vor dem Feuer, das sie angezündet hatten. Als nun die Reihe an den kam, der den Zaubergürtel hatte und der meinte, daß die anderen nun fest schliefen, da schnallte er sich schnell den Gürtel über, warf sich auf die Pferde und verzehrte ein Fohlen mit Haut und Haaren. Das alles aber hatte ein anderer Knecht, der sich nur schlafend gestellt hatte, mitangesehen, ließ sich aber nichts merken. Der Zauberer kam nach einer Weile als ganz gewöhnlicher Hirt zurück und ließ sich wieder am Feuer nieder. Als dann der Tag graute, wurden auch die anderen wach. Da sagte der Werwolf: „Ich weiß nicht, mir ist heute so schudderig im Magen!"
„Na," sagte der Knecht, der alles beobachtet hatte, „da soll einem nicht schudderig sein, wenn man ein ganzes Fohlen im Leibe hat!"
„Dein Gück," rief der andere, „daß du vorher nichts gesagt hast!"
Und sofort streifte er seinen Gürtel wieder über und sprang als Wolf davon in den Wald. Man hat ihn nie wiedergesehen...

Woher die Marienfäden kommen

An schönen Spätsommer- und Herbsttagen fliegen unzählige weiße Fäden durch die Luft und hängen sich an Bäume und Sträucher, die dann aussehen, als ob sie mit feiner, zarter Seide übersponnen sind. Man nennt sie Marienfäden oder Altweibersommer oder auch kurz Sommer. Sie sollen von einem Mädchen gesponnen werden, das Marie heißt und im Monde sitzt. Früher lebte sie in einem märkischen Dorfe als einzige Tochter einer kranken und schwachen Witwe. Sie war die beste Spinnerin weit und breit und konnte so viel und so feine Fäden spinnen, daß ihr niemand gleichkam. Dadurch ernährte sie sich und ihre alte Mutter.

Aber sie war sehr leichtsinnig und durfte auf keinem Tanz fehlen, und wenn die jungen Mädchen und Burschen zusammen kamen, war sie immer die wildeste.

Dadurch bereitete sie der Mutter viel Kummer und schlaflose Nächte, aber alles Bitten war vergebens. Eines abends wollte Marie wieder in den Spinnkoppel gehen, wo die jungen Mädchen zum Spinnen zusammenkamen, wo aber auch durch die jungen Burschen allerlei Mutwillen getrieben wurde.

Da sprach die Mutter zu ihr: „Komm wenigstens heute vor Mitternacht nach Hause. Denn heute ist unserer lieben Frauen Tag, und wer da ungehorsam gegen seine Eltern ist, wird auf der Stelle bestraft."

Die Tochter versprach es unter Tränen und ging mit ihrem Spinnrad zu ihren Freundinnen.

Als sie aber dort war, kamen die jungen Burschen mit Musik, die Spinnräder wurden beiseite gerückt, und alles tanzte und sprang. Marie vergaß bald ihr Versprechen und machte es wie die übrigen. Die Lust und der Übermut wurden so groß, daß man nach Mitternacht, als die Burschen die Mädchen nach Hause begleiteten, den Tanz sogar auf dem Kirchhof fortsetzte.

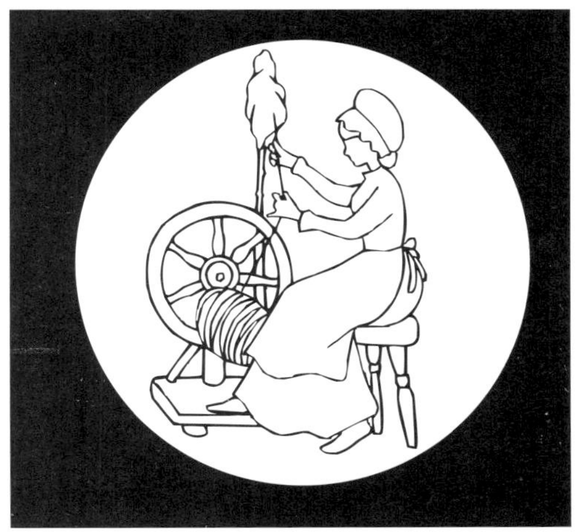

Da stand plötzlich Maries Mutter, die vor dem Lärm nicht hatte schlafen können, mitten unter den Tanzenden und befahl ihrer Tochter sofort nach Hause zu gehen. Das Mädchen antwortete keck: „Ei, Mutter, der Mond scheint noch so hell. Geh' du nur, ich komme bald nach!"
Da verfluchte die Mutter ihr ungeratenes Kind und sprach: „Ich wollte, du säßest im Mond und müßtest da oben spinnen!"
Kaum hatte sie das Wort gesprochen, da flog Marie blitzschnell dem Monde zu, wo sie noch heute sitzt und spinnt.

Die Windsbraut

Vor einem Gewitter sieht man nicht selten einen tollen Wind über die Felder jagen, Sand, Blätter, Zweige, Stroh und Heu wild durcheinanderwirbelt und zu einer hohen Säule zusammendreht. Das ist die Windsbraut, die in dem Wirbelwind steckt. Früher soll sie ein reiches Edelfräulein gewesen sein, die sehr gern jagte. Weil sie aber dabei mit ihren Pferden und Hunden immer quer über die Felder dahinstürmte, auf denen die Bauern im Schweiß ihres Angesichts ihr Brotkorn bauten, wurde sie verwünscht. Sie muß nun in alle Ewigkeit mit dem Sturm dahinjagen und wird von feurigen Schlangen und Drachen verfolgt, die sie nirgends und nie zur Ruhe kommen lassen.

Der Hexenritt

Es war mal ein Junge, dessen Mutter und Schwester waren Hexen. Als nun der erste Mai kommt, sieht er, wie sie abends vorher etwas kochen, sich damit bestreichen, auf Besenstiele setzen und sprechen:

„Up un davan neinig an!
Up un davan neinig an!
Up un davan neinig an!"

Und auf geht's mit ihnen und davon.
Nun hatten sie aber den Topf, in dem sie ihre Salbe gekocht hatten, nur beiseite gestellt und nicht fortgeschlossen; worauf der Junge, der alles heimlich aus seinem Versteck mit angesehen hatte, denkt: „Das kannst du ja auch versuchen." Er holt den Topf hervor, bestreicht sich, setzt sich auf einen Besenstiel und spricht: „Up un davan alleweg an! Up un davan alleweg an! Up un davan alleweg an!"
Und da geht's auf mit ihm und hier gegen eine Fichte und da gegen eine Eiche, daß ihm der Kopf nur so brummt. Und da merkt er erst, daß er falsch gesprochen, und wiederholt nun dreimal: „Up un davan neinig an!" Und sogleich geht's rasch mit ihm auf, und er ist im Augenblick an dem Ort, wo alle Hexen versammelt sind.
Da findet er denn auch seine Mutter und Schwester, die sind gerade beim Mahle und essen, wie alle anderen auch, Erbsen. Wie ihn seine Mutter sieht, fragt sie ihn: „Junge, wie kommst du denn her?"
Und er antwortet: „Nun, grade wie du!" - Da warnt sie ihn denn, niemandem ein Wort von dem zu sagen, was hier geschehe. Auch kein Wort weiter zu sprechen, und nun geht's fort. Sie sind aber grade an einem großen Wasser, darum setzen sie ihn auf einen dreijährigen Bullen, und der ist mit einem Sprunge über das Wasser. Da ruft der Junge: „Das war ein tüchtiger Sprung für einen dreijährigen Bullen!"
Aber im Augenblick ist er auch abgeworfen und hat acht Tage wandern müssen, ehe er wieder nach Hause gekommen ist...

Wie schön was doch de olle Mark,
janz wie de Ollmark - hart und stark.
Ut Lumpen moakt man hüt dat Jeld,
's fehlt nich an Lumpen in de Welt.
Doch wir erklärn uns nich bankrott
holln ehrlich durch un flehn to Jott:
Bescher uns wedder - hart und stark
die Ollmark wie die olle Mark!

(Otto Reutter)

Viele Besucher zieht es jedes Jahr in die Altmark. Sie alle haben Gefallen gefunden an der Schönheit der Landschaft, an den gut erhaltenen Denkmälern vergangener Epochen und an den netten Bewohnern. Auch ich bin begeistert von diesem Land und besonders von seinen alten Geschichten. Mit meinen Zeichnungen möchte ich einige davon lebendig werden lassen und hoffe, daß sie den Altmärkern und ihren Gästen gefallen.